O VOLUME DO SILÊNCIO

SELEÇÃO DE CONTOS E POSFÁCIO

Nelson de Oliveira

joão anzanello carrascoza

O VOLUME DO SILÊNCIO

TORDSILHAS

O texto deste livro foi fixado conforme o acordo ortográfico vigente no Brasil desde 1º de janeiro de 2009.

REVISÃO Isabelle Drumm

CAPA Amanda Cestaro

PROJETO GRÁFICO Natalia Curupana

1ª edição, 2022

Dados Internacionais de Catalogação na Publicação (CIP)
(Câmara Brasileira do Livro, SP, Brasil)

Carrascoza, João Anzanello
O volume do silêncio / João Anzanello Carrascoza. -- São Paulo :
Tordesilhas, 2022.

ISBN 978-65-5568-096-6

1. Contos brasileiros I. Título.

22-124461 CDD-B869.3

Índices para catálogo sistemático:
1. Contos : Literatura brasileira B869.3
Cibele Maria Dias - Bibliotecária - CRB-8/9427

2022
A Tordesilhas Livros faz parte do Grupo Editorial Alta Books
Avenida Paulista, 1337, conjunto 11
01311-200 – São Paulo – SP
www.tordesilhaslivros.com.br
blog.tordesilhaslivros.com.br

CAÇADOR DE VIDRO

Estão apenas os dois, pai e filho, no carro branco que vai a cem por hora pela rodovia dos Bandeirantes. Não vão a passeio, mas a negócio, precisam de vidros para a casa que o pai está reformando. O filho ainda é menino, vai sair da infância em breve; criança de sete anos se atordoa com as exigências do caminho, a vida já arde no estômago.

Saíram há meia hora da cidade onde vivem, terra de poucas riquezas, embora cercada pelo mar verdejante da cana-de-açúcar. Mar, farfalhante ao vento e estreito, mal dá para que todos pesquem nele a sobrevivência.

Seguem em direção à cidade dos vidros, uma hora os separa de lá, compensa a viagem, à porta da fábrica não há atravessadores. Basta atravessá-la, tornar os preços, fazer a compra e regressar. Regressar, se acaso os desejos dos deuses permitem, coitados dos que partem quando eles estão de mau humor, tantas são as viagens sem volta.

Conversam pouco, o pai atento ao volante, o filho dirigindo sonhos. Da estrada, cada um tem seu ponto de vista. Ao motorista só lhe interessa a frente, onde o asfalto cintila sob o sol. Por vezes, pelo retrovisor, lança o olhar para trás, o que passou já não nos pertence e, por isso, costuma nos ameaçar com tanta insistência. O menino contempla de lado a paisagem. Há algum tempo, ajoelhado sobre o banco, às avessas, via os carros lá no fundo crescerem, aproximarem-se, e, então, acenava-lhes quando ultrapassavam o Voyage. Agora, de costas para o pai, excede os olhos por essa margem da estrada. O menino sempre gostou de imaginar o que sente, por exemplo, a raiz da árvore que ele está vendo solitária na planície. Ou o que sente a relva fina, ao redor dela, quando a noite cai? Como seria estar deitado ao pé dessa árvore, sobre a relva circundante, que espera abraçar-se ao orvalho? São assim os meninos, sonhadores, viajantes de outras estradas... Ele não sabe, como o pai, frear na hora certa seu pensamento, tampouco reduzir a marcha com leveza, arranca e para bruscamente, mais parece um míssil que persegue a brisa da manhã. Assim vai trilhando dois caminhos, o do Voyage a cem por hora e o seu, íntimo, em pista menos palmilhada.

São duas da tarde, detalhe insignificante, não para os dois, mas para quem está lendo a história, viajando com eles em direção à cidade dos vidros. Não estão longe, já avançaram um tanto e são próximas as duas pontas do trajeto, a cidade onde vivem e a dos vidros.

Talvez fosse melhor medir as distâncias de outra maneira. Não por espaço e tempo, como se faz até agora. Mas pelo que se aprende no caminho.

O pai vê a paisagem a seu lado, um pasto ralo que se espraia silenciosamente, os bois como imóveis porcelanas, ruminando. Gira a cabeça e nota que o filho perde a cena, acompanhando a plantação de laranja do outro lado, as frutas miúdas na ponta dos galhos se acercam, crescem e, num instante, já desaparecem. Há muito o que se descobrir nessa rodovia, em todas aliás, até nas monótonas dunas do deserto há invisíveis surpresas, não adianta sobrecarregar o coração do menino. Como saber qual seu desejo?

Uma fila de caminhões arrasta-se lá na frente, onde o asfalto coleia, como uma cobra luzidia, e envereda num longo aclive. O filho desvia os olhos das laranjeiras, o ruído pesado dos motores despertou-o para a procissão que vai adiante. Na subida, a velocidade do Voyage cai para oitenta, mas não o impede de ir ultrapassando os primeiros caminhões. O menino sorri, satisfeito, não sabe que estes são obstáculos fáceis. Um dia, talvez, descubra o perigo das facilidades; se o terceiro caminhão decidisse passar o segundo, as duas pistas estariam fechadas. Só poderiam passar se os motoristas soubessem também o que é facilidade.

O carro já está no fim do aclive, o menino olha insistentemente para a lona solta, que estala ao vento na carroceria do último caminhão, e tenta adivinhar qual é a sua carga. Vidros certamente não são. Vidros são delicados demais para se carregar de maneira tão imprudente, a lona escura parece querer voar, um sonhador a compararia a um tapete mágico, rebelde, tanta é sua necessidade de pensar num mundo mais belo.

No último verão, o pai fora com a família para a praia. Uma tarde, tomando seu guaraná à sombra do guarda-sol, ocorrera ao filho perguntar como se faziam as garrafas, onde nasciam os vidros. A mãe achou graça. Talvez por isso sejam tão amadas as mulheres, sorriem por quase nada, sorriem pelo espetáculo da vida. O pai explicou que os vidros não nasciam como frutas, de uma árvore; eram produzidos pelo homem, com as próprias mãos no princípio – galhos nem sempre frondosos – e com seu hálito, imitando o sopro divino. Para se fazer vidro, entre outros ingredientes, era preciso muita areia – que coincidência, estavam na praia, tinham tanta areia nas mãos, apesar de ser inadequada, monazítica – e água, não salgada igual àquela, embora muito sal seja derramado dos olhos nas vidrarias. Mas já não se fazia assim hoje. Trabalho quase só de máquinas, mãos reduzidas, sopro nenhum. Seria mesmo verdade? O pai não lhe disse, vai ver não sabia, que a água não entra na composição do vidro. Estranha é sua serventia. Quando o vidro se funde, incandescente, a água o recebe e o resfria. Nesse abraço, não se ouve nenhum estalo, nenhum grito.

Outra carga deve levar o caminhão, mas pouco importa. Os dois avistam uma placa, mais alguns quilômetros e estarão chegando. O sol segue-os, como a todos, nessa via, rasgando nuvens, estalindo na lataria dos carros estacionados no posto de gasolina, que vai passar à direita do menino.

– Quer parar? – pergunta o pai.

– Não – responde o filho. Deseja chegar logo à cidade, está inquieto, será mesmo com areia e água que se fazem os vidros? Não devia duvidar do pai, mas até Cristo teve suas incertezas, na cruz não perguntou: *Pai, por que me abandonaste?* O menino não hesita por maldade ou descrença. Quer ver apenas, assim também se aprende, com os olhos. O coração, na verdade, já conhece a lição. Mas tantas faltam ainda, não há matéria que mais reprove o homem pela vida.

– Está com fome?

O filho move a cabeça em sinal negativo.

– Quer ir no banheiro? – insiste o homem. Até parece que ele, pai, está querendo parar no posto e precise da anuência do menino.

– Já fui em casa!

E se estivesse apertado, não haveria problema. É sempre fácil para um homem aliviar-se dessa forma, líquida. Quando foram à praia, o pai não teve que parar na serra? Mais fácil ainda é para um menino urinar pela rodovia. Deixavam também os bandeirantes seus rastros de mijo pelas matas.

O Voyage continua pelo asfalto cintilante, o posto agora só interessa aos carros que vêm na sua rabeira, quem sabe atrás outro pai não esteja perguntando o mesmo ao filho, e talvez esses prefiram a parada, estacionem próximo ao restaurante e saltem logo: e aí se poderia vê-los debruçados sobre o balcão, um guaraná e uma cerveja, o verde vítreo de uma garrafa e o marrom de outra filtrando o sol da tarde.

Agora há uma novidade à frente. Na pista contrária, uma jamanta trepida, carregando vários Fiats. O menino apoia-se no santantônio e encosta-se no painel para ver melhor. As sobrancelhas se fundem sob o nariz, herdou-as do avô, dão a seu rosto infantil uma expressão hílare.

– É uma cegonha – o pai diz, ao perceber o interesse dele.

– Cegonha?

– Não tinha visto uma, filho? É um caminhão que leva carros novos – explicou o pai.

Podia ter falado sobre a cegonha, ave que entrega aos pais os bebês, mas preferiu silenciar. Menos por desconfiar que o menino acreditasse em mentiras suaves; mais porque ele, pai, sentia a falta de algo que há muito já perdera.

– Se são carros novos, por que vão em cima de um caminhão velho? – perguntou o menino.

O homem sorriu e disse:

– Por isso mesmo!

Insatisfeito, o filho pensou em perguntar novamente, mas desistiu. Às vezes deixava as coisas pela metade, achava que um dia entenderia. Crescer provavelmente era isso: entender o que agora ele não conseguia.

O carro que vem atrás da cegonha metálica pisca o farol duas vezes. O menino observa, curioso; o pai imediatamente reduz a velocidade para sessenta, quem vive viajando tem de conhecer a linguagem cifrada dos perigos.

– Polícia – ele diz. – Deve ter radar lá adiante.

Em seguida, um ônibus Cometa também sinaliza, avisando os motoristas desse lado. O menino acompanha com os olhos o ônibus que se distancia, quantas pessoas vão lá dentro? Já viajara em alguns veículos, mas nenhum tão imponente como esse Cometa que voa preso à terra.

Não demora, o Voyage assoma numa longa reta. Lá em frente, no acostamento, à sombra de uma carreira de eucaliptos, uma caminhonete, um Apollo, um Diplomata e uma viatura da polícia. Conforme se aproximam, o pai reduz ainda mais a velocidade e distingue dois guardas em meio à pista. Naturalmente, gostam da extensa sombra, e um deles lhe acena, indicando para que estacione.

– Puta merda!

O homem desliga o motor, tira do porta-luvas a carteira de motorista e abaixa o vidro lateral. Pelo retrovisor observa o guarda que atravessa a pista e se acerca, lentamente.

– O senhor estava a cento e dez quilômetros por hora – ele diz. – Documentos, por favor!

Enquanto o guarda preenche a multa, o filho abaixa a cabeça para enquadrá-lo melhor e vai descobrindo os detalhes do emblema policial na camisa, o binóculo no pescoço, o revólver na cintura. O que mais lhe chama a atenção são os óculos escuros, que escondem seus olhos. Para isso também servem os vidros, outra surpresa para o menino na viagem.

– O garoto está sem cinto de segurança – diz o guarda. E, quando entrega a multa ao homem, o menino vê a si mesmo refletido nos óculos escuros.

O pai contorna o cinto de segurança sobre o pescoço do filho e o prende.

– Boa viagem! – o guarda diz e se afasta.

Voltam à estrada. Por pouco não chegavam à cidade dos vidros sem esse prejuízo, ali há outra placa, perímetro urbano, foi por pouco, um azar. O homem parece aborrecido, o menino ainda tem tempo de ver o milharal ondulando ao vento, antes que desviem para a direita, pegando uma senda transversal que os conduzirá à fábrica.

À entrada, um canteiro circular de relva seca e em seu centro queima ao sol uma chapa metálica com as palavras *Seja bem-vindo*. Adiante, avulta um posto de gasolina logo após o canteiro que o Voyage contorna – há sempre um no limiar das cidades. O carro sacoleja ao entrar na rua de acesso, o calçamento é de pedra-macaco, igual ao povoado de onde vem o menino. Ainda bem que ele não sabe o nome da pedra, na certa alguém teria de estudar geologia para explicar-lhe o que um macaco tem a ver com esse chão. Abaixo de um *flamboyant*, os dois encontram um caminhão carregado de enormes esferas verdes que dormem ao frescor da sombra; algumas estão cortadas ao meio, o miolo vermelho e úmido, não há quem resista a tamanha tentação. Os olhos do menino crescem, mas não tanto quanto seu desejo de morder esta fruta. Ele se recorda, inquieto, da primeira melancia que comeu na mesma tarde em que o pai lhe falou sobre os vidros. Tinham saído da praia, ele pedira para carregar o guarda-sol colorido, queria ajudar os pais, felizes são eles quando ainda têm os filhos crianças. À saída, um homem vendia frutas mergulhadas num grande tanque de gelo. A mãe pediu coco verde, dizia sempre que a água de coco havia sido chuva um dia, chuva de uma nuvem que nascera das águas do mar. O menino escolheu a esfera verde, a maior das frutas, e ficou maravilhado quando o homem, com uma faca pontuda, riscou a melancia e depois, espetando-a, tirou-lhe um triângulo, vermelho vívido, cheio de pequenas sementes negras. Encanto maior foi provar essa fatia da natureza, razão pela qual está sentindo, *hummmm*, a boca inundada de saliva.

Agora sim seria bom se o pai perguntasse:

– Quer parar?

Mas ele segue dirigindo, o carro sobe uma ladeira de casas pobres que vai dar na fábrica. Quase sempre fazemos as perguntas na hora errada ou as respondemos fora do tempo. Nem por isso vamos cultivar o mal do desencontro. O menino parece decepcionado. Achou que todas as casas na cidade seriam de vidro, como uma miniatura que a mãe ganhara no aniversário com uma flor dentro. Seria lindo se as casas pudessem ser realmente de vidro e no interior delas crescessem flores: margaridas, hortênsias, cássias, violetas, rosas. Ou árvores viris: loureiros, oliveiras, nogueiras, figueiras, carvalhos. E então seria um jardim cada bairro, um campo cada cidade, uma floresta o mundo.

Dura um nada tal sentimento, porque a fábrica avulta lá em cima.

– Olha a chaminé – o pai aponta para uma torre alta sem nenhum fio de fumaça.

Não é a única fábrica de vidro, há na cidade outras, menores. Mas essas não produzem desde vidros canelados para janelas até finos cristais como a primeira, que trouxe fama ao povoado, hoje próspero município, embora sejam pobres as casas e o povo que nelas habita. Certamente haverá casas mais confortáveis, em pontos afastados do centro, igual à grande fábrica de vidro, em cujo pátio de acesso o Voyage branco estaciona.

O menino estranha ao observar o imenso edifício à sua frente. Tem de inclinar toda a cabeça para trás, pressionando a nuca para alcançar a última lâmina do telhado que reluz ao sol forte das três da tarde. Se ele imaginava que as casas fossem de vidro, supunha que a fábrica seria uma vitrina toda colorida, igual suas bolinhas de gude. Vidros azuis nas paredes, verdes nas portas, amarelos no chão. Mas ele vê só tijolos e reboco.

Um segurança da empresa pergunta ao homem que tipo de vidros ele procura, é gentil esse guarda, não usa óculos escuros, e, ao obter a resposta, conduz os dois por um pequeno corredor. Chegam a uma porta, *Show-room*, está escrito, *Vidros para construção*, se lê logo abaixo. Podemos observá-los de costas. Pai e filho entram. Chegamos à outra ponta do caminho, começo de uma nova viagem. Como um caco de vidro que um dia cortará o pé do menino, aqui se corta a narrativa.

O VASO AZUL

para Raduan Nassar

A primeira coisa que se revela em meio ao vazio é um vaso, azul, sem serventia. Perdido na névoa, sua base rebrilha sobre uma superfície indefinível. O vaso, obra tão delicada, gira, gira vagarosamente no espaço, ou são nossos olhos que o contornam, não se sabe. Ao menos, tem-se um ponto, fiapo de nada, mas ao qual logo se acrescentará outro. E outro. E outro. Até que se tenha uma história, um homem, uma vida.

A mãe lhe deu o nome de Tiago. Por maldade ou não do acaso, depois de meses ausente, ele vem subindo a estreita alameda para visitá-la. Não avisou, como de costume, telefonando para a vizinha, será uma surpresa, se é que esta palavra existe no vocabulário das mães.

Há meses Tiago não lhe traz um vaso de violetas, um xaxim de avencas, um buquê de margaridas, paixões dela, tão acessíveis a ele. E há meses não lhe traz a si mesmo, seu filho. Ainda mais se sabemos que as mãos dessa mulher são boas para cuidar de plantas, nunca teve medo de espinhos, ninguém pode culpá-la se uma semente não criou raízes.

Choveu a manhã inteira e o barreiro se espalhou pela rua sem calçamento. Sob a copa de uma árvore centenária, os meninos da vizinhança se enlameiam, Tiago continua a subir, logo os alcançará; em outro plano, está se afastando deles, em definitivo. A casa de sua mãe, pequena, facilmente identificável pelo jardim bem-cuidado, está incrustada além da árvore, onde o aclive do terreno é mais acentuado.

Na mão esquerda, Tiago carrega sua maleta, uma muda de roupa é o bastante, veio só por um dia, irá por muitos. A mão direita, livre, alternou-se com a outra, depois de tanto andar, a espuma vira chumbo. Difícil é o contrário, a cruz sobre seus ombros se transformar nas asas de um anjo. Assim se mede um homem, pela capacidade de mudar as coisas, pelo peso de seus sonhos. É hora de voar com as asas que ele tem nas costas. Deixemos na árvore os galhos ideais para fazer sua cruz, por enquanto dão sombra fresca aos meninos que o observam, com indiferença, subir a longa alameda. Ofegante, Tiago atravessa a sombra, desvia seu olhar das crianças que continuam, alheias, a chapinhar na lama.

Mais dois passos e Tiago chega à casa materna. Além do portãozinho de ferro, oxidado, estende-se o caminho de cimento até a porta, quase uma escada, degraus suaves, não faz diferença para quem já vem de tão longe. De ambos os lados, o jardim, dois canteiros, belos e floridos, passagem obrigatória até a varanda. À direita, rosas vermelhas, úmidas, ainda em botões; à esquerda, amores-perfeitos.

Antes de abrir o portãozinho, Tiago olha para a cidade, lá embaixo, fincada entre o vale. Nem chegou ainda aos trinta anos, a respiração opressa não é efeito da ladeira, mas da vida sedentária, acomodada a poltronas, cafés e cigarros. Por um instante, ele pensa na mãe, quantas vezes ela não sobe e desce esta alameda? Terá nas costas uma pesada cruz, ou as asas de um anjo para erguê-la?

Tiago movimenta o ferrolho do portão, a mãe, dentro da casa, atrás dos óculos, por acaso o vê, o perfil rijo, a maleta pendendo dos dedos, pisando o caminho de cimento, flores dos dois lados.

Ela ia até o quarto apanhar algo e, ao cruzar a sala, ouviu o alvoroço dos meninos no barreiro. Estavam ali desde as duas da tarde, quando a chuva cessara. Foi espiá-los e acabou por descobrir seu filho passando sob a árvore.

Tiago vem devagar, descobrindo os botões de rosas de um canteiro, os amores-perfeitos do outro, a mãe olha ao redor, verifica se tudo está em ordem na casa e, rápida, efusiva, dirige-se ao corredor. Quando ele erguer os olhos e atingir a soleira, ela baixará os seus para lhe abrir a porta. É um gesto tão inesperado que Tiago se assusta, como se ela estivesse ali, à sua espera, desde o início dos tempos. E se outras mil vezes ali chegasse, fosse qual fosse a hora, dia ou noite, ele a encontraria assim, abrindo-lhe a porta, a sorrir, como agora.

Ela nada tem nas mãos, sequer um ancinho, uma tesoura de poda, ou qualquer outro disfarce, seria mais fácil o abraço para ambos. Tiago tem uma das mãos ocupadas, a maleta lhe serve como pretexto, não pode com ela enlaçar a mãe mais afetuosamente, a timidez lhe refreia a vontade. Parece insensível diante da euforia da mulher; herdou a introversão dela, os dois pouco entendem de pele, o imprevisto a desarmou, coisa da idade, num instante vai se recolher de novo, constrangida.

– Que saudades, meu filho! – ela diz. – Se soubesse, teria feito um bolo. Por que não me avisou?

– Por isso mesmo – ele responde, libertando-se. – Pra que a senhora não fizesse nada.

– Ora, nada é o que mais faço por aqui. Se não fosse o jardim...

– Tá mais bonito que o ano passado – ele diz.

– É a época, tem chovido bastante – ela explica. E pergunta: – Que cara é essa?

– Cinco horas de viagem, a gente cansa – ele mente. A ladeira é que o exauriu.

Tiago pede para que ela segure a maleta, precisa tirar os sapatos enlameados, senão vai sujar a casa inteira. A mãe se culpa por ter esquecido de estender o capacho, acostumou-se a entrar e sair só pela porta dos fundos.

– Que cabeça a minha...

Finalmente, eles entram. Lá fora, ficaram os gritos dos meninos, a árvore e sua sombra fresca, os canteiros vicejantes e a lama. Dentro de casa, a tarde é outra, assim como a flor é outra flor, no vaso.

A mãe coloca a maleta sobre a mesinha, apanha os sapatos das mãos do filho e os leva para o tanque, enquanto ele já se atira no sofá.

O silêncio entrou com os dois e, indolente, se espraia pela sala, como a poeira sobre os objetos. Visitante mais assíduo por aqui, o silêncio. Só então, de olhos fechados, a respiração normal, Tiago aspira com gosto o perfume que a terra exala, no ar ainda há um rastro de chuva. É uma sensação confortável, de quem livrou a cruz dos ombros e regressou à paz uterina.

Mas, com os chinelos estalantes da mãe, o silêncio bate asas, alça definitivamente voo com a voz dela, que se aproxima, trazendo uma pergunta, se o filho não quer almoçar, num minuto prepara uma omelete, tem arroz pronto e alface limpa, então?

Ele abre os olhos e diz para ela não se preocupar, comeu um lanche num posto da estrada, mais tarde talvez belisque alguma coisa, por que não vem conversar um pouco? A mãe atravessa a sala, precisa trocar a toalha do banheiro, colocar feijão de molho, ele faz bem em esticar as pernas no sofá, agora tem com quem dividir o peso da cruz. O filho se ausenta por tanto tempo e, quando reaparece, ela cisma de andar de um lado para outro e o deixa ali, solitário.

Os meninos continuam se divertindo lá fora, fazendo criaturas de barro. Tiago acende um cigarro e se ergue para procurar um cinzeiro, raridade nesta sala, ninguém mais fuma desde que ele foi embora. Suas meias são finas demais, dá para sentir o frio do assoalho nos pés e lhe recordar os tempos em que ali brincava, *zuummm*, deslizando alegremente pelo corredor até o quarto. As asas ainda não haviam se entrevado em seus ombros.

Senta-se novamente e, como não encontrou cinzeiro, bate as cinzas pela janela, sobre os amores-perfeitos, nome belo para flores, mas inadequado para ele, o amor é sublime por ser imperfeito. Olhando ao seu redor, percebe, com desgosto, os braços do sofá esgarçados, a espuma escura se soltando. Ergue as duas almofadas e descobre o tecido também a se rasgar no assento.

Dentro e fora da casa, a tarde continua declinando. Outra vez o silêncio pousa na sala, mas Tiago vai espantá-lo com os lábios, lentamente, não pela voz, novo pedido para que a mãe se junte a ele, mas pelo sopro da fumaça, capaz de mover uma de suas asas. A tosse da mulher na cozinha agitará a outra.

O odor do fumo já se impregnou no ar, misturando-se ao cheiro da terra molhada, ele não quer ouvir a velha cantilena, cigarro acaba com a saúde – outras coisas fazem tão mal como as esfoladuras no sofá, a saudade que ele sente mesmo estando em casa –, melhor jogá-lo, ainda pela metade, no canteiro lá fora.

Não tardará para a mulher regressar aos pés do filho, trazendo-lhe um velho chinelo, outro fragmento que se escorrega do passado, como a brincadeira no assoalho. Vão falar banalidades, ciscando o núcleo do amor, dois avanços, um retrocesso, querendo e se evitando. O que ele tem feito, se ela não se cansa de subir a ladeira, ele precisa cortar o fumo, quem carrega as compras do supermercado, que tosse é essa, muito trabalho ultimamente, uma maravilha o jardim, esterco bom, mãe quem morreu na cidade, filho pare de girar pelo mundo.

Hão de predominar os comentários frívolos, talvez porque temam os assuntos delicados, ou a vida assim ordena, não se pode falar só de coisas importantes, habitam nos canteiros não só roseiras e amores-perfeitos, mas também pedriscos e folhas mortas.

Enquanto conversam, a mulher ajeita as almofadas no sofá, tenta esconder do filho o tecido rasgado. Mas é impossível ocultar as asas debaixo da blusa, ou o peso da cruz nos ombros. Ouvem-se ainda os gritos alegres dos meninos no barreiro, a cidade oferece às crianças pouca diversão. À medida que avança a sombra da tarde, mais suave se torna o cheiro da terra molhada.

A mãe se ergue, de súbito, precisa pôr algo no fogo, cozinha exige longos preparativos, se a janta será às sete, é preciso começá-la muito antes. Triste é a rotina de quem passa horas fazendo uma iguaria que será devorada em minutos. Mais ainda a de quem espera meses por uma visita e a terá por algumas horas.

Tiago se assusta com o gesto intempestivo da mãe, sabe-se lá se não é mania do isolamento, há anos ela vive ali, sozinha. O silêncio retoma e o filho observa vagarosamente os móveis da sala. Arcaicos todos, soturnos, remetem-no outra vez ao passado. Os bibelôs sobre a estante, os parcos objetos em cima da mesa, tão conhecidos, parecem agora intrusos em sua memória.

Não lhe causam a mesma impressão o vaso azul que faísca sobre a cristaleira e a TV. Ambos destoam da sala sombria. A TV é uma companhia, o mundo perigoso que o tem nas mãos, a mãe sem saber aplaude. O vaso, ele comprou em uma de suas viagens, cristal da Boêmia, quem não o apreciaria?

Da cozinha vem o retinir de panelas e a tosse abafada da mulher. Tiago continua a considerar o vaso. Ia perguntar por que ela não o enchia de flores, mas segurou as palavras antes de cometer o erro, plantar outra mágoa. Deus, só agora se dava conta de que, naquela casa, o vaso não teria outra utilidade além de peça decorativa. A mãe amava as flores, jamais as arrancaria dos canteiros para colocá-las no vaso. Trouxera-lhe uma dor, não uma lembrança como até então supunha. Julgara preencher o vazio, quando já o transbordara.

Tiago sente vontade de fumar outra vez, ouve a tosse na cozinha e decide esperar. Por fim, levanta-se e caminha para o corredor que leva aos quartos e ao banheiro, as meias deslizam novamente pelo assoalho frio, esqueceu-se dos chinelos que a mãe trouxe. No banheiro, vê o teto manchado de bolor, acomoda-se na privada e acende o cigarro, às escondidas. Como se a fumaça, entre paredes úmidas, não fosse capaz de carregar por toda a casa os vestígios de seu ato. Como se fosse criança e quisesse ocultar o seu vício.

Tiago vai até o vitrô e espia a alameda que desce para a cidade. Os meninos ainda brincam sob a copa da árvore centenária. A tarde vem aterrissando, vagarosamente, raios de sol perfuram as nuvens no céu cinzento, talvez volte a chover à noite. Pela fresta entre os vidros, pode-se ver parte do jardim, há uma roseira próxima, Tiago distingue em suas pétalas uma gota d'água, vacilante. Basta um sopro de vento, débil, e ela vai escorrer pela folhagem.

O cigarro boia dentro da privada. Para completar a farsa, ele puxa a descarga. Sai do banheiro e volta à sala. O que fazer sábado à tarde na casa da mãe? Com o dedo indicador aperta o botão da TV, quem sabe haja algum filme B, como antigamente, distração amena, nada de arte, nada de drama.

O aparelho emite vozes distantes, uma comédia, Tiago reconhece, de imediato, e aumenta o volume, enquanto espera a imagem. Mas o vídeo permanece negro, espelho que reflete sua impaciência. Ansioso, gira o seletor de canais até o fim, o som varia mas a tela permanece no escuro. Ele busca um fantasma na sintonia fina, nada, sequer um chuvisco. Volta ao canal da comédia, mas TV sem imagem é como canteiro sem flores.

– Não funciona, filho – a mãe diz, vindo lá do fundo. – Tá com defeito.

– Alguém conserta na cidade?

– Chamei o técnico, o problema é no tubo de imagens. Fica tão caro que compensa comprar uma nova – ela diz, o pano de prato entre as mãos, escondendo a aflição.

– Acabou a garantia?

A mulher move a cabeça afirmativamente.

– Não tem nem três anos.

– Cinco – ela diz, a voz apertada.

– Mesmo assim! – ele resmunga.

Pressiona o botão para desligar a TV, mas um estranho ruído permanece, vindo de longe, para espantar o silêncio entre os dois. Tiago descobre que é a válvula da panela de pressão, não pelos assovios contínuos, mas porque o aroma do feijão invade o ar, delicioso, despertando a fome. Ele nunca saberá que boa parte do feijão estava bichada, a mãe a jogou fora, tanto tempo à espera de quem o aprecia com farofa.

– Tá sentindo o cheirinho? – ela pergunta, observando o filho.

– Uma tentação – ele diz e finge se reanimar. Vai até o sofá, senta-se e afirma: – Então a senhora não tem visto novelas!

– Não, não – a mulher se apressa em dizer. – Vou na vizinha, é até mais divertido – ela conclui a mentira. Se uma única lágrima lhe escorresse, como a gota na folhagem, já seria um exemplo de força, imagine vê-la assim, um enorme sorriso a lhe iluminar os olhos?

– Ah! – exclama Tiago, apanhando a maleta e sacando um livro.

Ela ajeita os óculos, examina, dissimulada, a borda de crochê do pano de prato, em busca de um ponto mal dado.

– Depois, se você puder, a lâmpada do quintal queimou – diz, timidamente. – A luminária fica no alto, não posso mais subir em escada.

O filho fecha a maleta, nada trouxe para ela desta vez, muito lhe tira sempre. A panela de pressão continua a assoviar na cozinha, o aroma do feijão paira na casa, sobrepondo-se ao cheiro de terra molhada.

Tiago coloca o livro na mesinha ao lado, os pés se acomodam nos chinelos. Percebendo que ele vai se erguer, a mãe logo diz:

– Não precisa ser agora. Pode ser amanhã. – E justifica-se, em seguida: – É que vou e volto da vizinha lá pelos fundos. Hoje vou ficar aqui mesmo…

O pano pende de suas mãos, ela sorri novamente e observa a criançada lá fora, o filho também foi um menino, embora não gostasse de sujar as mãos no barro. Ninguém conhece melhor as preferências dele, a árvore sabe quanto deu a cada um de seus frutos, ainda mais se o fruto é unigênito.

Mas, não, ele já descansou um pouco, prefere atendê-la agora mesmo, é uma das formas que aprendeu de lhe oferecer carinho, servir de imediato a quem a vida inteira o tem servido.

– Se você prefere, eu vou pegar a lâmpada – ela diz. Atira o pano de prato sobre a cristaleira, onde rebrilha o vaso azul, e abre uma de suas gavetas.

– Pronto, aqui está!

Atravessam a copa e vão para a cozinha, o silêncio desceria na sala se não fossem os apitos da panela de pressão. Tiago para à sua frente, o cheiro do feijão agora é mais forte. O vapor espirra da válvula, que gira sem cessar, exasperada, e forma uma pequena nuvem ao seu redor. Pela porta dos fundos, a mãe avança para o quintal, à procura da velha escada. O filho continua espreitando a panela no fogão, a luz da infância arde em seus olhos. Dos furinhos da válvula, uma e outra gota, condensadas, escorrem sobre a tampa da panela, haverá ali um caldo ralo, marrom, quando ele passar de volta.

Tiago aponta no umbral da porta, vê seus sapatos limpos, secando no rancho dos fundos, ao lado do tanque, obra de quem foi, já se sabe. Nem parece que ele chegou há menos de uma hora, não aconteceu quase nada até o momento, e tantas coisas já realizou a mãe desse homem. Ei-la, em diligência outra vez, arrastando agora a escada pelo quintal de terra, fazendo um aceno para o filho entre os batentes.

– Espera, deixa que eu ajude a senhora!

A luminária fica bem acima da porta, Tiago sobe até o último degrau para trocar a lâmpada. Abaixo, imóvel e aflita, a mulher ampara a escada, é uma ilusão pensar que os planos se alteraram, o filho continua às pernas da mãe, não importa os prodígios que realiza.

Enquanto ele recolhe a escada, ela passa rapidamente, quase tocando-o, e aperta o interruptor para ver se acende.

– Ah, agora sim!

Seria mais agradável ficar aqui fora, desfrutando do frescor da tarde. Tiago tiraria as meias, bom sentir nos pés a umidade da terra, rever o limoeiro em flor no fundo do quintal.

Mas ele cruza a cozinha, apressado, já cumpriu sua parte, nem ouve a mãe dizer, *Obrigado, filho*, o que é feito em nome do amor não deve ser agradecido. Após lavar as mãos, ele volta à sala, apanha o livro na mesinha e se estira no sofá. Na página que se abre, de letras miúdas, é capaz de encontrar sujeiras mínimas, salpico invisível de tinta, cílio de sua pálpebra engolido pelas palavras. Não notou, contudo, que duas voltas de durex envolvem uma das pernas dos óculos da mãe, solução a princípio improvisada, agora definitiva.

Ela está no tanque, lavando suas próprias sandálias, o pensamento já tece as ações futuras, coar o café e preparar o bolo que ele mais gosta.

Tiago tenta se concentrar na leitura, as mãos limpas, não tem nada a fazer, seria bom se percebesse que a mãe deseja lhe mostrar as belezas do jardim, as rosas, os amores-perfeitos. O vaso azul faísca sobre a cristaleira, desviando-lhe a atenção para outra história, a sua própria, menos dilacerante que a do livro, porém mais viva. Os assovios da panela de pressão o envolvem num torpor, os músculos se afrouxam, os olhos mergulham na escuridão.

A tarde declina lá fora e espanta os meninos, que ainda brincam alegremente sob a árvore centenária, hora de enfrentar as mães com barro na cara. No outro plano, dentro de casa, a tarde é distinta. Tem-se a impressão de que entre as paredes, onde apenas as duas silhuetas respiram, uma inerte, outra que vai de um canto ao outro, pousou a harmonia do silêncio com sua hierarquia de anjos. A cruz de cada um os espera, ambas perfiladas, para serem novamente apoiadas nos ombros. A paz pode ser rompida a qualquer instante, por isso é paz, por sua fugacidade, pelo cristal de suas asas.

O sossego se amplia com o ruído de um grilo, que escapa, contínuo, de uma moita no canteiro das rosas. Num dueto com ele, escutamos a mulher tossir uma vez, a água escorrer pelo ralo da pia, o tilintar de uma colher. Ouvido privilegiado, o dela, para captar o som podre, no fundo do quintal, de um fruto que caiu na noite. A mesa está preparada, a melhor toalha estendida, o café na garrafa. O forno aceso, untada a assadeira, resta bater as claras para o bolo. As mãos da mulher são hábeis, num instante as claras vão engrossar, é preciso ver se o filho ainda dorme, não o perturbará o barulho do garfo no fundo da tigela?

Tiago abre os olhos, o vazio parece se mover, à sua frente, a cortina do nada vai se abrindo e, um vaso azul, sem serventia, rebrilha no espaço. Gira, e gira, derramando o silêncio, antes que ele feche os olhos, outra vez, e reate o sonho.

ILUMINADOS

Estavam sentados no sofá, marido e mulher, cada um com seu prato na mão, quando ocorreu o blecaute. Um grito ecoou pela vizinhança, sinal de que não fora problema só deles, um fusível queimado. A todos de uma só vez a escuridão engoliu. Em seguida, a quietude dos grandes sobressaltos.

O susto cortou a tranquilidade do casal. A surpresa os envolve, vorazmente, assim como os dois mastigam a última garfada de comida que haviam levado à boca.

Nervoso, Ramón corre para desligar a televisão, podem perdê-la se a luz retornar de uma hora para outra. Sorte não existir nada à frente, mesa ou cadeira, que lhe tomasse o caminho perigoso, vantagem de se viver em casa modesta e não ter crianças.

– Assim não dá pra comer!

Desde que se casaram, as noites de ambos têm sido sossegadas. Deviam antes agradecer, dádiva magnífica essa escuridão, mas reclamar é do homem, como o corte é da tesoura.

– Será que vai demorar? – Lúcia pergunta.

– Eu que sei? – ele resmunga, voltando ao sofá. – Não vejo nada.

Por um momento, imóveis e esperançosos, aguardam o milagre. Como se o blecaute fosse apenas um piscar de olhos da realidade; a luz nem bem sumiu, já reapareceria.

A escuridão continua, plena, é preciso habituar os olhos. O silêncio se debate, como um coração, ou dois, entre as paredes.

– Vou buscar uma vela – diz Lúcia.

Nascida entre as montanhas de Minas, sobra-lhe serenidade, precisa acalmar o marido, que se irrita facilmente. Mas, se ele tem pavio curto, a quantidade de pólvora é mínima. Furioso num instante, resignado no outro. Nesta noite, tem razão em reclamar, difícil encontrar alguém satisfeito com o inesperado. Há quem esteja em apuro maior, sob o chuveiro, ao pé do fogão, dentro de um elevador.

– Não precisa – ele diz. – Perdi a fome.

A luz dos faróis de um carro ricocheteia na vidraça da sala. O súbito clarão revela um vulto inerte, outro a oscilar, duas faces pálidas, já de volta ao escuro.

Lúcia se esgueira pelo corredor, medindo os passos, como uma equilibrista, os olhos abertos mas vendados, o prato em sua mão vacilante. Ela, sim, deveria se impacientar. Com a falta de luz, não poderá arrematar as costuras do Carnaval para o dia seguinte.

Na cozinha, ela coloca o prato sobre o mármore da pia e, tateando, busca pela caixa de fósforos. Não a encontra, e quem a toma pela mão é a estranha lembrança de lápides, densa presença da morte. A mulher procura entre as panelas no fogão, os olhos distinguem alguns contornos, atenuaram-se as sombras, a sólida obscuridade se ameniza, o marido reclama na sala:

– Diabo!

Lúcia achou a caixa de fósforos, riscou um palito, a chama titubeia e já se apruma. Rápida, ela abre uma gaveta do armário, sabe o que falta e o que sobra em casa, ali há um maço de velas, não para urgências como a de hoje, mas para louvar São Paulo, santo de quem é devota, desde menina, em Ouro Preto. Antes que o palito se queime inteiramente, ela já passou o fogo para um toco de vela. O pequeno facho de luz surpreende a escuridão, detém-na, mas não a domina, o exército das sombras é incontável.

Estão os dois, marido e mulher, novamente sentados no sofá, o prato nas mãos, a comida ainda não esfriou, embora seu sabor tenha se alterado, para melhor, é verdade: jantam agora à luz de vela. Ramón serenou, Lúcia leva o garfo à boca e o observa furtivamente. Há pouco assistiam TV, distantes um do outro e, de súbito, ele pode sentir a respiração de Lúcia, ela pode escutá-lo mastigando ruidosamente a comida, os dentes sadios e afiados.

Não há nenhum castiçal dourado, mesa com requintes, nem dois cálices de xerez. Tampouco alguém para lhes servir à mesa. A vela, grudada a um pires, humilde feito uma coluna em ruínas, derrete silenciosamente. A chama projeta na parede duas sombras, estremecidas, que a um gesto de Lúcia parecem se fundir numa única.

Apesar do mau humor, Ramón come com prazer. À beira da chama miúda, a agulha do acaso ou de Deus costura uma atmosfera acolhedora. Se a sombra se projeta em parede de tijolo ou rocha, tanto faz, a quietude da sala recorda o eco em uma gruta.

– A gente comendo à luz de vela – ela diz, limpando os lábios. – É até engraçado!

– Não vejo graça nenhuma – ele resmunga. – Se a luz não voltar, vamos tomar banho frio.

– Vai voltar – ela diz. – Tenho encomenda pra amanhã.

– Pro Carnaval?

– É!

– Pode esquecer.

– Às vezes a luz vem rápido – ela diz. – Quem sabe dá até pra pegar o finzinho do jornal.

Se ainda não estão próximos, pelo menos o blecaute reduziu a distância entre eles. Há muito não permanecem assim, juntos e quietos, um a medir o silêncio do outro, jantando sem a interferência das notícias, voltados para suas vidas, não para o vídeo.

Outro carro irrompe lá fora, cortando a paz da noite. O bairro permanece às escuras. Em todas as casas, a refletir nos vidros, a chama das velas tremula, confundindo sombras, vultos que bailam como fantasmas.

Lúcia recolhe os pratos. Deixa a vela para o marido, acende outra na cozinha, é preciso lavar toda a louça, tarefa difícil à meia-luz, mas poderia realizá-la de olhos fechados.

A vela da sala logo se junta à da cozinha. Sem o que fazer, o marido vem ajudá-la. Para surpresa de Lúcia, Ramón pega do pano, gesto proibido aos homens, e vai enxugando silenciosamente os talheres.

– Onde ponho isso? – ele pergunta, a escumadeira nas mãos, sem saber qual a sua utilidade.

– Ali, naquela gaveta – ela responde, apontando com as mãos ensaboadas.

Não há crianças na casa, bem que gostariam, mas Lúcia não conseguiu ainda, triste anomalia, quem sabe um novo tratamento resolva o seu caso.

– Acho que desta vez vai demorar – ela diz.

– Já me conformei – ele comenta, depois de enxugar os dois copos. – Vou perder o jogo do Corinthians.

– O escuro me lembra a infância – ela diz. – Faltava luz quando chovia. Minha mãe queimava ervas pra Santa Rita.

– A minha contava histórias – ele diz. – Juntava as mãos e das sombras na parede saía tudo quanto é bicho.

– Eu morria de medo.

– Eu também.

– Parecia o fim do mundo.

– A gente ia pra cama mais cedo.

– Tomava banho de bacia.

Ele sorriu, ela também.

Faltam só duas panelas e a cozinha logo estará em ordem; com um ajudante, mesmo desajeitado, vai-se mais rápido.

– Se quiser banho quente, posso ferver um caldeirão de água – ela diz, terminando o serviço.

Ramón permanece calado. Com o pano de prato entre os dedos, abre a porta dos fundos e o pendura no varal. Lá fora, o escuro palpita, a quietude se desdobra pela noite, o ar úmido é como seda no rosto. Uma luminosidade se insinua acima do muro e, só quando ergue os olhos, ele descobre, admirado, as estrelas pulsando no espaço.

– Deus!

Lúcia vem em sua direção, nem sonhava com mais esta surpresa.

– Nossa!

As duas velas ardem na pia, o casal observa os astros. Por alguns minutos, vão permanecer mudos, crianças girando a cabeça para ver as estrelas.

– A última vez que vi um céu assim, a gente tinha começado a namorar – diz Ramón, antes de voltar à cozinha.

– Lembro bem – ela emenda. – Foi na varanda de casa. Você declamou um poema do Lorca.

Ele fecha a porta, ela vai enchendo o caldeirão de água, conhece bem seu marido, hoje está lhe recordando aquele que lhe despertou a atenção no passado.

Ramón apanha uma das velas e se enfia pelo corredor, sorrateiro e hesitante como um espectro. O breve fulgor da chama desenha estranhas imagens nas paredes, que já retornam à escuridão. No quarto, ele abre o guarda-roupa e algo se desprende lá do fundo, vai cair no assoalho, se não for amparado. O susto lhe retarda a ação e, quando se move, não pode mais evitar a queda do objeto. Ao tosco ruído da madeira contra o piso sucede o alegre retinir das cordas de seu violão gitano.

Em boa hora vem este violão, desafinado, uma película de pó o cobre, se o dono não vai até ele, eis que o próprio se move. As velas queimam, uma apoiada no pires sobre a mesa de cabeceira, outra na pia da cozinha, Lúcia à beira do fogão zelando pela água, há quanto tempo ele não lhe canta uma música?

O marido recolhe o instrumento e se faz a mesma pergunta, nem parece que há uma massa de trevas a separá-los, o essencial é que se tocam, se por pele ou pensamento, não importa. Ramón segura o violão um instante, antes de recostá-lo à cabeceira da cama, a única riqueza que trouxe de sua terra, além da que lhe vai no sangue. Vira-se para o guarda-roupa em busca de *short* e camiseta, tomar banho é o próximo programa da noite. Se esperasse um pouco, talvez a luz voltasse, mas Lúcia já aqueceu a água, seria triste desapontá-la.

Ela se esqueceu da costura para o dia seguinte, controla a fervura no caldeirão e em outra panela que levou ao fogo. Dos dois, é quem primeiro sente a dádiva arrematada pelo blecaute, já a recebeu outras vezes, chovia forte e costumava faltar luz em Ouro Preto. O terceiro pires, com um toco de vela a arder, repousa na mesa da cozinha, para a borda da banheira Lúcia o conduz, vai misturar as duas águas, a fria primeiro, jato de torneira e, em seguida, a fervente, do caldeirão.

Ramón se despe devagar. Três velas clareiam suas largas espáduas, e Lúcia, refletida no espelho, tanto quanto as chamas que tremulam, vê o marido deslizar pela banheira, uma contração na face, a água elemental a lhe ungir o corpo.

– Muito quente? – ela pergunta.

– Não – ele responde.

– Vou ferver mais um caldeirão!

Ramón fecha os olhos, uma delícia o torpor que sente. Desde que haviam alugado a casa, reclamava da banheira. Nunca a haviam usado, queriam substituí-la por um boxe. Ele agora experimenta uma inesperada sensação de abandono, como se a solidão lhe cutucasse.

– Lúcia!

A costureira, inclinada sobre o fogão, cercada pelas trevas, ouviu o chamado, mas se manteve imóvel: sabia que Ramón a chamaria de novo, e de fato ele o fez:

– Por que não vem?

Ela foi.

Três chamas tremulam outra vez, juntas, sombras por todos os lados, mais parece um altar esse banheiro silencioso. Lúcia se desnuda, ligeira, os seios cônicos, a cintura delgada, as coxas fartas. Entra na banheira, pela extremidade oposta, para não incomodar o marido, e ficar à frente dele. Apesar da leveza de seu gesto, a água já morna rumoreja à sua entrada. Ramón afasta as pernas para que ela se encaixe.

Os dois cerraram os olhos. Ela sente cócegas nos pés e os move com suavidade, roçando sem querer o ventre dele. Ramón abre os olhos, sob a água que esfria, as coxas apertadas de Lúcia, ali começa outra noite.

Não tardará para que o desejo cresça, os braços se apertem, os corpos se entendam, e o chão se molhe.

Depois Ramón ajudará Lúcia a arrumar o banheiro, segunda cortesia que lhe faz esta noite. Duas velas já agonizam e, antes que se apaguem, cumpre acender outra e levá-la à sala.

Envolvida numa camisola, Lúcia se senta no sofá. A casa permanece em ordem, cada coisa em seu lugar, exceto a costura, mas até onde vai sua culpa se faltou luz?

Segurando um pires, Ramón se enfurnou pelo quarto, voltará metido em seu pijama, na outra mão, o violão. A mulher o observa, atônita, a última vez que ele tocou foi há um ano, mais pelo ócio que pela paixão.

– Vai tocar? – ela pergunta.

Nem no claro se descobriria que seus olhos sorriem. Vacila sua silhueta com a luz das velas, assim como as mãos de Ramón, apoiando o violão na coxa. Por alguns minutos, ele se ocupa em afinar o instrumento. Gira as tarraxas, estica uma corda, afrouxa outra, inclina-o, recoloca-o na posição inicial, braço contra braço. O toque agora é outro, não como da última vez. Depois de percorrerem o corpo amado, os dedos se tornaram mais habilidosos.

Ao longe, a sirene de uma viatura. Outro automóvel rasga a rua ao lado. A sombra na parede é enganadora, revela apenas um homem e seu violão. E ele o dedilha, compenetrado; Lúcia observa, condescendente, é a abertura de uma canção sevilhana. Sofrível, diriam os entendidos, a *performance* de Ramón, mas não teria graça nenhuma se em seu lugar estivesse Segóvia.

Uma linha puxa outra e outra e outra, até que se constitua um tecido. Assim também se dá com a música. De uma, o homem vai a outra. A primeira, só melodia. A segunda, acrescida de canto, mas voz única. A terceira, e as outras, duas vozes desafiando a escuridão.

Os dois cantam, esquecidos do futebol, das agulhas, do blecaute. Percebem, mas não se importam, que uma das velas se apaga, as sombras crescem ao redor, ameaçando engolir tudo.

A segunda vela está quase no fim. Lúcia poderia ir à cozinha apanhar outra. Ramón para beber água. Mas não, outra sevilhana já foi iniciada. As posições no instrumento ele conhece de olhos fechados. Ela sabe a letra, o marido as ensinou, tantas. E, então, na calmaria da noite, submersos no escuro, continuam a cantar.

NIGHT BIKERS

Quem o visse em sua bicicleta a pedalar lentamente pelo aclive da avenida Angélica, como o vemos agora – nesta folha de papel que se evaporaria num instante, se o outro homem, caminhando pela rua da Consolação, aproximasse dela a chama de seu isqueiro –, não imaginaria que ele, para serenar o espírito atiçado pelo trabalho, tem por hábito mapear a cidade, à noite, com sua *mountain bike* e seus silenciosos demônios.

Chama-se Aurélio o primeiro; Abreu, o segundo. Estão em bairros próximos, mas não sabem da existência um do outro. Este sente o chão em seus pés, pisando na própria sombra; aquele pedala suavemente, as mãos acariciando as manoplas; o vento escreve uma trama invisível no rosto de ambos.

São nove horas no relógio de pulso de Aurélio, nove e três no da rua, fora do campo de visão de Abreu. A cidade, ensombrecida, mudou de mãos. Outros são seus dínamos, outra a cor de suas farsas. O fluxo de veículos ainda é intenso, largo o labirinto de avenidas iluminadas e ruas no escuro, só poetas e larápios costumam sair a essas horas sem destino.

Nas ruas, os fatos se sucedem à revelia, uns grudados aos outros, como os passos de Abreu, ou as pedaladas de Aurélio, e, assim, a noite vai tecendo sua rede.

É a primeira vez que Aurélio sai pela noite em busca de companhia. Boa ou má, não se sabe, mas ruidosa e alegre, como o são as pessoas em confraria. Na reportagem de uma revista, leu sobre um grupo de ciclistas que se reuniam todas as quintas-feiras na praça Benedito Calixto. Dali, os *night bikers* partiam para um giro, improvisando o itinerário, parando em bares ao ar livre, à frente de clubes e danceterias.

Abreu, ao contrário, cumpria a rotina de bandear com os amigos, estranhamente não os encontrou hoje nas rodas de sinuca. É sua primeira caminhada solitária. Segue pela calçada sombria, fumando com avidez; de certa forma, a solidão o alivia.

Os dois homens caminham por ruas distintas, mas podem se avizinhar como um rio que, a certa altura, permite a aproximação de suas margens longínquas.

Aurélio atingiu o ponto mais íngreme da avenida; dali em diante terá uma reta mínima, depois contornará a praça dos Arcos rumo ao cemitério do Araçá, para enfim chegar à outra praça, de onde sairão os ciclistas.

À beira do meio-fio, pode-se notar seu rosto, iluminado pela lâmpada de um poste.

Na rua da Consolação, a distância entre um poste e outro obriga Abreu a caminhar em contínua semiobscuridade. Suas feições se confundem com as sombras da noite, impossível ler em seu rosto a sua história, embora esteja ali, linha por linha.

O ciclista chegou à subida da Angélica; o outro, em poucas passadas, desceu duas quadras da Consolação. Estão em ruas paralelas, uma transversal os uniria, mas cada um segue a trilha de seu arbítrio.

Aurélio engata uma marcha mais forte, a correia salta de uma catraca para outra com um pequeno estalido, imprime um ritmo mais ágil ao seu passeio, quase uma corrida, quando atinge a avenida Dr. Arnaldo, à direita os muros do cemitério, inúteis em sua missão de cercar os mortos, como se existisse para eles território demarcado. O próprio ciclista pedala bravamente rumo à morte, ela o aguarda em algum semáforo, é a verdade mais segura que ele conhece nessa vida.

A sombra dos túmulos ultrapassa os muros e, além dela, um pedaço de céu cheio de nuvens. Veloz, o ciclista desvia os olhos, à sua esquerda a paisagem é mais viva, uma fila de automóveis disputa os espaços na avenida.

Como se fosse seu reflexo num espelho negro, Abreu observa à sua direita um rosário semelhante de veículos, volta-se para o lado oposto, coincidentemente estão os muros do cemitério da Consolação, sua companhia por mais uma quadra. Ele dá a última tragada e atira o cigarro na rua, uma fagulha salta e se espirala no ar; enquanto a guimba, em brasa, cai no asfalto, seus olhos espicham até o final da descida, lá adiante, uma reta que o conduzirá ao bar Redondo.

Aurélio diminui a força nos pedais, reduz a marcha, os muros do Araçá desapareceram atrás dos quiosques dos floristas, excessivamente iluminados para atrair a freguesia. Não há quem não se deixe enlevar pela beleza colorida, a variedade alegre e o perfume das flores que vibram nessa avenida. São dálias, verbenas, rosas, margaridas, violetas, hortênsias, prímulas, flores selvagens ou delicadas, que cederam seu nome às mulheres, se não foi o contrário. É uma delícia para a vista, e mais ainda para o olfato. Aurélio vai deslizando rente aos quiosques, pequenos jardins que se reproduzem, metro a metro, como teriam sido os da Babilônia, e revelam floristas em trabalho, as mãos de um a fazer um ramalhete, outro empunhando a tesoura, um terceiro espargindo água sobre a folhagem das samambaias. O ciclista estaciona no meio-fio entre dois carros, não porque precise de água, mas para sentir vivo aroma das flores que já estão morrendo.

No Redondo, Abreu se acomodou a uma mesa, pediu um chope e logo pedirá outro. Ao seu redor, desfilam mulheres de olhos borrados e lábios vermelhos, também são flores, mas se prestam a outros atrativos, talvez se chamem Dália ou Verbena, Violeta ou Margarida, ou esses sejam seus nomes de guerra. Se estivesse com os amigos, Abreu se insinuaria para uma delas, escolheria a mais bonita para esguichar seu sêmen, é tão fácil possuí-las, ainda mais com o dinheiro que se pode conseguir em noites furtivas. Daqui a pouco é preciso sair atrás dele, logo acabará o que ontem obteve com os amigos. Sem companhia, é melhor abrir o maço e apanhar outro cigarro.

Aurélio oculta um objeto à sua cintura, sobe em sua *bike* novamente, inicia as pedaladas, a terceira e quarta marchas são perfeitas para essa avenida sem desníveis. O ciclista se enfia em meio à corrente dos automóveis, atravessa o semáforo na luz amarela e começa a descer pela Cardeal Arcoverde. Rua de outros cemitérios, sem arcos, de poucas áreas verdes, e nenhum cardeal a rezar pelo destino de seus fiéis. É uma longa descida, sorver o vento da noite em alta velocidade lhe dá um friozinho na barriga.

Abreu se enfia por um corredor sombrio do bar, vai se aliviar num cubículo às escuras, difícil saber se realmente há ali uma privada, apenas se ouve o ruído de seu mijo na água. Não há luz, ou ele não a quis acender. A janela cerrada, quase não dá para se respirar, o banheiro lembra uma câmara ardente. Abreu fecha a braguilha, sai sem puxar a descarga, talvez por hábito, ou preguiça.

A praça Benedito Calixto está entupida de ciclistas, um burburinho sobe para o céu noturno. Os *night bikers* se preparam para a saída, dez horas segundo a revista, sorte Aurélio surgir agora nas imediações. Há gente de todas as idades, uma surpresa para ele, bicicletas velhas e coloridas, quem poderia imaginar uma legião tão grande de notívagos? Há de tudo nessa confraria, daí o prazer de se filiar a esses amigos provisórios – empresários, médicos, bancários, estudantes, poetas –, qualquer um que se motive a um passeio pela noite, um encontro fortuito pelas avenidas. É um *show* de sorrisos, pernas bronzeadas, bigodes espessos, seios intumescidos, gente que se decidiu pela liberdade, não pelas grades do sono. Quem aqui chegou antes, engata com os mais próximos conversas sobre a vida, comentários sobre o cronômetro e o odômetro que levam na mesa da bicicleta, a nova moda em capacetes e garrafas térmicas, as bebidas que inventaram para eles, ciclistas.

A um aviso velado, ninguém sabe de onde partiu, mas que se alastra como uma febre, deu-se a largada, saem todos desembestados, em tropelia, parece que querem chegar logo a um desfecho.

Uma prostituta circula entre as mesas do Redondo, boêmios chegam para provar um tira-gosto e bebericar cerveja, Abreu se ergue, decidido, é seu horário-limite para reiniciar o passeio solitário. Onde se meteram os amigos? O que andam aprontando a essa hora? Por que hoje o excluíram do trabalho, se é que se pode chamar de trabalho o que fazem? Ao menos sozinho, não há quem o trapaceie, ninguém sabe melhor enganar a um homem que ele mesmo, a consciência é como um guidão, vai para o lado que a viram. Saindo do bar, uma dúvida: seguir pela avenida Ipiranga e desembocar na São João, ou continuar descendo até sair na praça das Bandeiras? Como não há com quem discutir, Abreu decide pela segunda hipótese, atravessa a rua e se embrenha pela Consolação.

Os *night bikers* já se enveredam, em fileiras rumorosas, pela rua Pedroso de Morais, Aurélio vai entre eles, finge estar em sintonia com o grupo, como se não fosse sua primeira vez. Estão no início do passeio, o ritmo imposto pelos ponteiros é forte, há fôlego de sobra ainda, continua plena a capacidade aeróbica do grupo, bonita a linha de bicicletas que tangenciam o meio-fio, refluindo para a avenida Rebouças. Não é uma competição, apesar da ligeireza de todos, pedalam com facilidade, sorridentes, as faces úmidas e rosadas, e conversam entre si. Essa é mais uma das infinitas maneiras de se começar uma amizade, uma noite de amor, um crime. Os ciclistas seguem até a Faria Lima, contornam a curva fechada e, no embalo, já retornam à Rebouças, agora na via contrária, reta que os leva à avenida Brasil. Os veículos zunem, indiferentes, a uma distância mínima dos *bikers*, apenas um e outro motorista observam as bicicletas rentes ao meio-fio. A temperatura baixou, a brisa viaja pela noite, o céu está límpido, seria uma graça se, entre as nuvens, se pudesse ver a lua.

– Linda noite, não?

– Linda!

– Não estão forçando o ritmo?

– É assim mesmo!

– Quem comanda o itinerário?

– Dois ou três, lá na frente.

– Eu não sabia.

– É sua primeira vez pelo jeito...

– Sempre é tempo.

Abreu já atingiu o cruzamento entre a Consolação e a avenida São Luís, onde alguns transeuntes e ônibus elétricos passam vagarosos. A brisa também acaricia seu rosto, mas não o revela, nem seus ocultos desejos. Lentos são seus passos, ágeis vão seus olhos, a pular de uma pessoa a outra, averiguando o que carregam de valioso. É a primeira vez que mede solitariamente sua coragem, sua capacidade de escolher entre um homem e outro. Abreu vai em direção ao viaduto Nove de Julho, há mais movimentação por ali, muita gente em torno da Câmara dos Vereadores.

Os ciclistas passaram pela avenida Brasil, margeiam o lago do parque Ibirapuera, cujas árvores flutuam na escuridão. O grupo a essa altura já se fragmentou em subgrupos, alguns na vanguarda, outros a meio caminho, muitos no fim da fila. Aurélio vai entre os ponteiros, o hábito de rodar pela noite lhe deu invejável vigor físico, há energia de sobra em seus braços e suas pernas. O moletom azul e esportivo, que o diferencia da pequena turma colorida, está empapado de suor; seus ouvidos filtraram alguns elos de conversas, a briga de um casal, a frivolidade de dois conhecidos, a gíria incompreensível dos adolescentes.

Em meio à avenida, os *bikers* do primeiro grupo pedalam em disparada, influenciados pelo ritmo veloz dos automóveis. Ultrapassam a Câmara dos Deputados e se avizinham do Obelisco para contorná-lo e seguir do outro lado para a avenida 23 de Maio, onde vão se deparar com o Caravela, barzinho construído na forma de uma nau, um porto seguro para todos nesse passeio. As conversas continuam, vozes saltam de uma bicicleta a outra, deliciosa essa aventura, foi uma boa ideia Aurélio ter se misturado aos *night bikers*.

A tentativa de Abreu, diante da Câmara dos Vereadores, é que não foi boa, se avançou algumas passadas, retrocedeu outras tantas, sem os amigos fica mais difícil a abordagem. O outro cigarro lhe pende dos lábios, a tentativa frustrada há pouco lhe atiçou os nervos, poderá induzi-lo a um novo erro. A rua Ana Paula submerge, espessa, na escuridão pontilhada aqui e ali por ônibus e táxis sonolentos, quase não há pedestres, escassos se tornam os alvos para quem, inesperadamente, se aliou a si mesmo para agir. Abreu se apressa, segue pelo viaduto Maria Paula até a praça João Mendes, lá o movimento é maior, há muitas padarias, bares e bêbados desavisados. Debaixo do viaduto passam veículos, barulhentos, faróis amarelos para os que seguem em direção ao centro; vermelhos, no rumo contrário, para os que vão do outro lado da 23 de Maio, onde está o Caravela, em cujas mesas os *bikers* se refrescam com água, suco, vitaminas que trouxeram para a viagem.

Os automóveis rugem nas cercanias, é agradável estar à vontade nesse bar, ao alto, numa espécie de tombadilho, observando as bicicletas enfileiradas no pátio de entrada, como pequenos barcos oscilando na meia-escuridão. Aurélio preferiu permanecer lá embaixo, às margens da avenida, é típico dos marinheiros de primeira viagem reserva em relação aos novos amigos. Florinda, uma jovem ciclista, despertou-lhe a atenção desde o início, quando ainda não haviam partido da praça Benedito Calixto, tão próximo estão ambos agora. Ele a contempla, os cabelos negros em rabo de cavalo, os seios fartos tremulando sob o *colant*, as faces morenas. E, volteando o pescoço delicado, uma corrente de ouro, ou talvez uma bijuteria. Ela ajeita a mochila no selim de sua *bike*, aparenta calma, mesmo estando no grupo de vanguarda.

Apesar de atrativo adicional ao bar, a alegre chegada dos ciclistas para os fregueses não parece bem-vinda, o grupo não veio para beber drinques, nem para provar gordurosos aperitivos que passam em bandejas na mão das garçonetes. Os ponteiros já saíram e se espalham em torno das bicicletas, averiguando pneus, garfos, eixos, rodas, quadros e freios. Alguns estão curvados sobre o guidão a fim de retomar o passeio. Um deles, inquieto, desgarrou-se da aglomeração e se enfiou, de súbito, pela 23 de Maio, reiniciando a fila que se formará em seu encalço. Florinda segue-o imediatamente; Aurélio também e, num instante, o primeiro grupo está em marcha alta, passando abaixo do viaduto Santa Generosa.

A noite para Abreu não rendeu nada até agora, exceto o nervosismo, ele gira sob os calcanhares, cospe de lado, orienta seu timão para a avenida Liberdade. Arrota, cospe outra vez, a lua pendendo ao alto, às suas costas, desliza no céu, tão bela, ninguém repara em suas manchas, ainda que com elas também se faça poesia.

Enquanto Abreu envereda por uma ponta da avenida, os ponteiros, adiantados, avultam na outra ponta, vieram desembocar na Liberdade; Florinda entre eles, o rabo de cavalo oscilando como um pêndulo sobre o pescoço rodeado pela corrente de ouro. Os *bikers* atravessam a noite, espalhando-se pelas ruas, como as nuvens no céu a encobrir as estrelas, só o primeiro grupo viaja compacto, dá para contar quantos são, seis ao todo, contando Aurélio que observa à sua frente as costas de Florinda, o movimento gracioso de seus quadris, a nuca que desaparece quando ela se inclina para pedalar mais depressa.

Em cada uma das pontas da Liberdade, avança uma ação, os passos de Abreu; os giros de Aurélio e dos outros *night bikers*. Vão se encontrar em poucos minutos e tudo seria diferente se Florinda não decidisse apertar o ritmo e, imprudentemente, desgarrar-se do grupo e tomar a dianteira. Sabe-se lá que motivo a impulsiona, o orgulho, ou a emoção da velocidade; Aurélio acelera também, a fim de segui-la de perto.

Quem move as pernas dessa mulher, uma divindade ou o demônio? Ela se afasta cada vez mais do grupo, só Aurélio a acompanha, a distância, aos olhos dela o que passa à sua volta, dos dois lados, mais parece um borrão de imagens, um rastro de faróis e vultos que se confundem e, à sua frente, a luz vermelha de um semáforo, em cujo cruzamento Abreu vem chegando.

Os automóveis param atrás de Florinda, os motores barulhando, impedindo Aurélio de vê-la por inteiro. Só Abreu a tem ao alcance, as faces ruborizadas pelo esforço, a respiração arfante, os seios a palpitar e, reluzindo entre o pescoço úmido e o *colant*, a corrente de ouro. Como se tudo se congelasse ao redor, ele não escuta nada, nem a voz dos amigos no alvoroço de outras noites, apenas seus cinco dedos se alteiam, como uma chave em direção à fechadura, e a mão, num relâmpago, agarra a corrente e a arranca. O sinal vermelho se abre, um filete de sangue contorna o pescoço de Florinda, ela ainda nem sentiu dor, as perdas ultrapassam a morosidade da consciência, a fuga de Abreu é instantânea. Ele dispara pela Liberdade, o vento lambendo seu rosto, o mesmo vento que deu satisfação a Aurélio na subida da Angélica.

Os automóveis aceleram, nervosos, reinauguram o caudal de luzes pela avenida. Rente ao meio-fio, está Florinda, um pé no asfalto, outro no pedal, a mão detecta o vergão na garganta, a voz vai esboçar um grito. Aurélio se aproxima dela, nota os sinais do delito, lá adiante corre um homem.

– Ladrão! Ladrão! – ela grita.

Aurélio já a ultrapassou, nem perguntou se está ferida, a prioridade é pegar o agressor que chispa pela sarjeta em sombras; o primeiro leva vantagem sobre o segundo, frágil é o que exibiu força. Abreu sabe que lhe perseguem, se estivesse com os amigos, ou mais chope no estômago, ou uma arma sob a blusa, não temeria ninguém, foi um erro sair nessa noite tão desprevenido. Ele percebe que outros ciclistas vêm atrás daquele que está quase a pegá-lo, a sensação do cerco o amedronta, melhor soltar a corrente aqui mesmo, o perseguidor vai parar ao perceber que o furto foi jogado na rua. Mas Aurélio não se importa com a corrente, alguém a pegará, o crime cometido o incita a prosseguir.

Os dois homens estão próximos, embora em situação inversa: Aurélio é um vulto sem rosto que corre na avenida; Abreu vai na calçada, as lanternas orientais iluminam sua face. Vazios, os bolsos e as mãos do fugitivo. Debaixo da cintura o perseguidor carrega a proteção insuspeitada para um ciclista; não podemos ver a lua, escondida entre as nuvens, apenas a bicicleta que invade a calçada, no Largo da Pólvora.

Em meio à confusão, ao vozerio que vem lá de trás, onde os ponteiros amparam Florinda, ouve-se um estampido. Depois, o silêncio.

CASAIS

Acordamos às sete da manhã e vamos arrumando a cama, estendendo os lençóis, ajeitando a colcha. Tomamos banho em silêncio, estamos ainda sonolentos, não queremos conversar. É uma boa hora para fazermos amor, mas não temos ânimo. Coamos o café, esquentamos o leite, comemos pão com manteiga, lemos as manchetes do jornal. Lemos as manchetes e deixamos o jornal de lado com o firme propósito de continuar a leitura à noite. Sabemos que não vamos ler depois, mas mantemos viva essa ilusão. Se chove, falamos que está chovendo e o trânsito está uma merda e é impossível viver nessa cidade. Se faz sol, reclamamos do calor, da sede, da luz que quase nos cega. Sempre fazemos algum comentário sobre o tempo. Conversamos futilidades. Nada temos

Acordamos às sete da manhã e vamos arrumando a cama, estendendo os lençóis, ajeitando a colcha. Tomamos banho em silêncio, estamos ainda sonolentos, não queremos conversar. É uma boa hora para fazermos amor, mas não temos ânimo. Coamos o café, esquentamos o leite, comemos pão com manteiga, lemos as manchetes do jornal. Lemos as manchetes e deixamos o jornal de lado com o firme propósito de continuar a leitura à noite. Sabemos que não vamos ler depois, mas mantemos viva essa ilusão. Se chove, falamos que está chovendo e o trânsito está uma merda e é impossível viver nessa cidade. Se faz sol, reclamamos do calor, da sede, da luz que quase nos cega. Sempre fazemos algum comentário sobre o tempo. Conversamos futilidades. Nada temos a dizer, mas não podemos viver calados. Quando encontramos alguém, fazemos festa, recordamos os bons tempos, sentimos algo agradável que não sabemos ao certo definir. Nem sempre somos sinceros nessas ocasiões. Desenrolamos o fio de Ariadne. Enrolamos o fio novamente ao novelo. Quando alguém faz um gol, gritamos gol. Não ficamos nem tristes nem alegres. Vivemos numa zona de sombras. Não queremos morrer, não queremos viver. E trabalhamos. Trabalhamos. Trabalhamos. Ao meio-dia nos liberam para o almoço e devemos retomar às duas. Engolimos a comida, temos pressa. Saímos para fazer compras, folhear revistas, ir ao banco. Ainda existem bancos. Então, comentamos as tragédias do dia anterior, a última novidade da informática, o pronunciamento do senhor presidente da República. Procuramos estar atentos às inovações. Sabemos que quem não se atualiza corre o risco de morrer em vida, de ser esquecido. Não podemos ignorar o que todos sabem. Nossas vozes se confundem. Temos a nítida impressão de que nossas palavras não são nossas. Durante anos viemos perdendo a memória. No entanto, esse fato não nos prejudicou. Ao contrário, a amnésia nos protegeu das culpas e do arrependimento. É certo que também levou nossas melhores lembranças. Mas o que se pode fazer com lembranças? À noite, quando o céu é mais misterioso, quando a vida revela seus segredos, nos acomodamos em silêncio diante da televisão. Em geral, não assistimos aos programas.

Ligamos apenas porque não suportamos a solidão. Temos receio de conversar novos assuntos. Nunca vamos além do permitido. Por vezes, um de nós solta um peido. Sorrimos. É uma senha. Afinal, estamos vivos. No frio, nos envolvemos em mantas e ficamos a descobrir uma ou outra estrela latejando entre a névoa. É um belo espetáculo. Mas nos cansamos dos belos espetáculos. A verdade é que nos cansamos de tudo. Em noites de ventanias, padecemos de insônias. Nos abraçamos. Não propriamente pela afeição que sentimos. Mas pelo costume. Tossimos. Ofegamos. Mudamos de posição, fazemos barulhos entre os lençóis. Precisamos comunicar um ao outro que ainda não dormimos. O sono tarda. Os sonhos são fardos. Não somos capazes de contar carneiros. Já não sabemos fazer contas. Há milhões de coisas a fazer. Despertamos. Mil opções de programas. Mil alternativas e nenhuma são a mesma coisa. A cidade tem cento e cinquenta salas de cinema, noventa teatros, oitocentos restaurantes, zoológico, museus, casas noturnas, clubes. Não precisamos ir a nenhum deles. O mundo vem até nós de qualquer maneira. Não podemos escapar. Nos habituamos à guerra e à paz. Temos de reformar a casa, trocar os móveis, comprar outro carro. Depois, temos de reformar a casa, trocar os móveis, comprar outro carro. Se queremos ser diferentes temos de ser iguais. Se queremos ser iguais temos de ser diferentes. E somos engraçados, apesar de tudo. Cozinhar, beber vinho, tomar chuva, muitas coisas nos divertem. Rimos. Rimos por ter dores tão simples. E, conforme vamos rindo, vamos chorando. Somos extraordinariamente fortes. Somos escandalosamente frágeis. Somos líricos demais. Somos pobres demais. Quando um conhecido faz aniversário, cantamos parabéns a você. Somos amados e odiados. Enganamos. Somos enganados. Discutimos. Rompemos relações. Fazemos as pazes. Discutimos. Rompemos relações. Fazemos as pazes. Temos vergonha de nossa nudez, nossa barriga, nossa calvície, nossas roupas. Quando estamos em casa, queremos ir a outro lugar. Quando estamos em outro lugar, queremos voltar para casa. Gostamos de viajar, mas nossas viagens se restringem aos preparativos. Sim, os preparativos são idílicos. No momento em que entramos no carro e pegamos estrada, ou nos metemos em aviões, a viagem termina. Os problemas vão chegando, um a um. E nos seguem. As incertezas nos desesperam. Não sabemos mais em que acreditar: na psicanálise, na astrologia, nas seitas orientais, na terceira onda, no fim iminente por uma guerra nuclear, nas profecias de Nostradamus, na nova Igreja Católica. Matamos Deus. Ressuscitamos Deus. Matamos novamente Deus. Voltamos a ressuscitá-lo. E, a todo minuto, nos injetam mais dados, mais informações. Não nos recordamos mais quem foi Hitler. Por um momento galgamos a fama. Damos entrevistas aos jornais, somos convidados a escrever um livro, gravar um disco. Em todas as esquinas falam de nós. Passamos a ser ídolos de uma geração. Uma geração de horas. E depois somos esquecidos. De súbito, galgamos novamente a fama. Damos entrevistas aos jornais, somos convidados a escrever um livro, gravar um disco. Em todas as esquinas falam de nós. Passamos a ser ídolos de uma geração. Uma geração de horas. E depois somos esquecidos. Esquecidos da mesma maneira que esquecemos o preço do arroz, a dor da semana passada. Vamos vivendo, vamos morrendo. Temos sempre desculpas prontas, uma para cada ocasião. Pedimos socorro por olhares, mas quase todos estão cegos. Somos vítimas e inocentes. Nas ruas, encontramos conhecidos. Pessoas que passam todos os dias pelos mesmos lugares onde passamos. Nunca nos cumprimentamos, nunca trocamos uma palavra. Mas mantemos uma cumplicidade. E nos sentimos abandonados quando um desses conhecidos desaparece por um dia. São nossa segurança. Conhecemos muito bem a cidade. Sentamos no carro, fechamos os olhos e vamos dirigindo. Conhecemos o tempo de duração dos sinais verdes. Todos os movimentos do trânsito. Todas as avenidas que mudaram de direção. Fatiga-nos a mesmice dessas mudanças. Fazem-nos perguntas. Respondemos. Verdade ou mentira, pouco importa. Fazemos perguntas. Respondem. Fazem-nos perguntas. Respondemos. Quando chega a primavera, dizemos é primavera. E vamos aos museus. Não entendemos muito a arte moderna. Nem a pós-moderna. Fiamo-nos na opinião dos críticos. Divergimos da opinião dos críticos. Cagamos para a opinião dos críticos. Posicionamos a arma na têmpora. Atenção. Posicionamos a arma na têmpora. Não atiramos. Não somos covardes. Ainda nos resta um fio de coragem. Cruzamos largos corredores. De repente, nos abraçamos, desamparados. Vez por outra nos beijamos. Quase não sabemos mais beijar. Desaprendemos muitas lições. Desajeitados, constrangidos, preferimos o escuro. Fazemos amor já sem alegria. Não estamos preparados para a alegria. Não temos tempo para os irmãos. Não temos tempo para nada. Aos domingos, comemos macarronada com frango. É o melhor dia da semana. Comemos e bebemos e dormimos. Depois, comemos e bebemos e dormimos. Em certas ocasiões, somos invadidos por uma súbita felicidade. Então cantamos. Desafinados. Mas cantamos. A felicidade dura pouco, muito pouco. De qualquer forma, cantamos. Chegamos até a ponto de bailar. Sim, bailamos pela sala, lentamente. Já não temos a mesma agilidade para a dança. Mas dançamos. Em breve, muito breve, teremos um filho. E ensinaremos a ele tudo o que sabemos.

O MENINO E O PIÃO

O menino sentou-se no mais alto degrau da escada, encostou-se à porta da casa, o cordel e o pião nas mãos, e observou o movimento da rua que àquela hora se intensificava. A noite engolia a tarde com um abraço, as pessoas saíam do trabalho, de volta umas a suas famílias e seus silêncios, outras, tantas, à solidão de seus gritos.

Com a regularidade da lua que substitui o sol, o menino cumpria a sina de esperar pelo pai. Dali, de olhos baixos, via as roseiras que a mãe cuidava com as próprias mãos, o passeio entre os dois canteiros que antecedia a escada, caminho ascendente para todos, como se a casa lá em cima fosse um altar e chegar a ela exigisse um último esforço. Mas, erguendo os olhos, ele podia ver, além do muro e do portão, o trecho da rua de onde o pai vinha e, como se os paralelepípedos se fundissem à linha do horizonte, o pai, apontando de repente, lá longe, e crescendo passo a passo, parecia sair das profundezas do céu.

Apesar de haver alguma claridade, não certamente para se notar os detalhes – as folhas roídas das roseiras, as nuanças da lua, o cordel esgarçado do pião –, mas o geral das coisas, o que permitia reconhecê-las como sendo o que eram – roseiras, lua, cordel de pião –, as luzes dos postes já estavam acesas. Aqui e ali, nas casas, elas se acendiam, na cozinha, na sala, no quarto, na varanda, e, da mesma forma, uma luz fulgurava dentro do menino – a proximidade do pai modulava o seu brilho – e mantinha-se viva, embora no negrume fosse quando melhor se podia perceber seu esplendor.

Antes que a noite caísse e o menino não visse mais as coisas à luz de seus pormenores, e como forma de enganar sua impaciência, ele enrolava o cordel ao redor do pião e soltava o brinquedo no degrau da escada, vendo-o girar, girar, girar, aos seus pés, como a lua ao redor do sol. Às vezes, punha tanta força, que o pião mal tocava no solo e saltava, eletrizado, escada abaixo, debatendo-se nas quinas do canteiro como pássaro na mão de um homem, coração sob o peito de um menino. E, assim, com um olho colado às rotações do brinquedo, o outro ao movimento da rua, ele esperava o pai, sem saber que seu gesto não dizia apenas, *Estou aqui, pai, à tua espera*, mas também, de forma distraída, *Eis em tuas mãos a minha vida*.

Se o pai tivesse carro e apontasse na rua lá em cima, o menino o reconheceria, mesmo se existissem outros carros da mesma cor e do mesmo modelo transitando por ali – o raio sempre sabe de que sol partiu –, e sairia às pressas, para lhe abrir o portão da garagem. Mas o pai vinha a pé, saindo do céu que anoitecia e, ao vê-lo, o menino, antes de correr para lhe abraçar, agitava-se feito pião e entrava correndo na casa, a avisar a mãe, *Papai vem vindo*, como se estivesse ali para vigiar a pedido dela, e não por si mesmo, pelo gosto de ver, de repente, formar-se do nada o seu ídolo. Tanto que, depois de avisar a mãe, o menino voltava à porta, descia a escada de dois em dois degraus e atravessava o passeio, a passos compridos, a tempo de ver o pai abrindo a tramela do portão e entrando no jardim de casa, o olhar de um imantado no do outro, os dois esquecidos das roseiras e dos espinhos, nos canteiros, ao lado.

Hoje também sobem a escada juntos, dizendo lá umas palavras de ocasião, *Oi, filho, tudo bem? Tudo bem, o pai demorou tanto! Demorei um pouquinho*, apenas para gastar a voz, porque o silêncio lhes basta, e todo o peso da vida desapareceria se eles se dessem as mãos – como nas vezes em que o pai levava o menino ao estádio de futebol e o segurava com força, receando perdê-lo na multidão, sem se dar conta de que a cada instante o perdia um pouco mais, e o destino de um, apesar de emaranhado nas linhas da mão do outro, ia se desgarrando, suavemente, e para sempre.

A sala está às escuras, sobre os móveis e objetos a sombra do anoitecer, alguns contornos discerníveis graças à luz que escapa da cozinha, onde a mãe está terminando o jantar, e ilumina parcialmente um canto do corredor, insinuando-se para a sala, igual a maré que deixa sua marca na areia e não tem mais forças para avançar.

O homem desaba na poltrona, exausto, e estende as pernas, apoiando os pés na banqueta. O menino some pelo quarto do casal e retorna um segundo depois, trazendo os chinelos do pai. Ajoelha a seus pés, descalça-lhe as botinas e as meias, sorvendo sua presença viva, sem se importar com seu cheiro de suor, o que vale é que o pai está ali, tão perto, e ele pode gravitar ao seu redor, planeta, satélite, poeira cósmica. Não que o menino pense assim, vão-lhe no coração outras palavras, que seu vocabulário é miúdo, imenso apenas o que não sabe, e talvez nunca venha a saber, mas seu sentimento, ao colocar agora os chinelos nos pés do pai, poderia assim ser traduzido: ele, filho, é um coadjuvante e está feliz por ser. O pai sussurra, *Obrigado*, e, como estão no escuro e ninguém os vê, acaricia-lhe o cabelo, sem constrangimento, embora também sem euforia – tanto tempo não se tocam esses dois. E se para o menino é um prazer esse carinho, a ponto de o fazer abrir um sorriso banguela – uns dentes de leite já lhe caíram –, para o pai é uma conquista, e é bom que aconteça hoje, amanhã espetará os dedos na barba do filho e a conversa dos gestos terá outros matizes.

Os dois ouvem os passos no assoalho, é a mulher que vem juntar-se a eles, a um para quem é a terra à espera da semente, a outro que é o fruto unigênito de suas entranhas. Se as mulheres costumam dar a ambos, marido e filho, a sombra de seu acalanto, essa vem lhes dar a luz, pois, ao sair da cozinha iluminada, seus olhos os veem como um único vulto e, antes de pressionar o interruptor, na falta de palavras para expressar sua felicidade em tê-los ali, à mão – embora os mantenha sempre presos a si, um pelo cordão umbilical, outro pelas correntes da paixão –, ela apenas diz, *O que vocês estão fazendo no escuro?* O clarão da lâmpada revela o rosto dos três, e eles sorriem, são mais uma família que a noite reúne, e agora estão completos, apesar de a cada um faltar tanto para compreender tudo. Movem-se imperceptivelmente como os planetas, ou o ponteiro menor do relógio, girando tão vagarosos que nem os olhos mais espertos captam seu movimento, do giro do instante-já para o instante-seguinte que em instante-já novamente se torna.

O menino senta-se no sofá ao lado do pai, os pés não tocam o chão e ele os balança, satisfeito, o pião e o cordel em seu colo, já possui o que queria e, no entanto, não sabe o que fazer. Sente-se inquieto, é a segunda dentição dos sentimentos que lhe vem, e esses serão rascantes, contraditórios, mordazes, a gengiva já sangra com a perda daqueles que lhe pareciam eternos, mas aos poucos cariaram, enegreceram, apodreceram, e ele não teve quem o ajudasse a arrancá-los delicadamente a barbante – a vida com seu boticão se encarregou de fazê-lo.

O jantar está quase pronto, diz a mulher, estudando a expressão do marido, *Você não vai tomar seu banho?* Ele move a cabeça afirmativamente, mira-a primeiro, depois o filho, a expressão avoada, como se estivesse ainda no trabalho, não ali, em meio aos seus, tão seus que, vendo-os próximos, lhe parecem distantes. Fecha os olhos, como se a luz o incomodasse e a penumbra fosse mais acolhedora, enquanto a mulher já caminha de volta à cozinha e diz, para animá-lo, *Então vá logo, vou temperar a salada e fritar os bifes.*

O menino permanece imóvel, contemplando o pai, ainda sem saber como agir, se continua ali, mudo, ou se deixa que a sua voz transborde. Pode ver a exaustão no rosto do pai, mas atrás dela também se vê, filho de quem é, tão parecidos os dois, esse se descobrindo nos ontens daquele, aquele caçando-se nos amanhãs desse. Então, o homem, como um cordel, impulsiona o menino a falar, falar, falar, com a pergunta que o garoto já esperava escutar, tanto que pairava à beira de seus ouvidos, bastava um sopro para movê-la ao tímpano, *Como foi o dia hoje, filho?*, e ele se põe a contar tudo, o que aprendeu na escola, o gol que fez no jogo com os amigos, a lição de casa que a mãe o ajudou a fazer, uma porção de coisas que à primeira vista parecem mínimas, mas é a vida que lhe cabe, e ele a saboreia, faminto. E conta mais, sobre o peso de seu cofre cheio de moedas, o tênis novo que precisa comprar, e tantos outros assuntos seus, não porque deseja falar, mas porque o pai o ouve, de olhos fechados, sorrindo, como se precisasse se concentrar para compreender que não é o filho quem fala, *Olha, pai, eu já sei soltar o pião!*, mas a vida que, pelo filho, se apresenta em palavras. A mãe, na cozinha, tão atenta lá às panelas, quanto ao jorro do menino aqui, escorrendo igual a água que ferve numa panela, diz, como se sua voz fosse a tampa para detê-la, *Deixa seu pai descansar, filho*. O homem abre os olhos e mira o pião girando, exasperado, pelas tábuas do assoalho, sua ponta de ferro na madeira, *Você aprendeu mesmo*, até que de repente o brinquedo roça num canto do tapete, perde o equilíbrio, cambaleia de lá para cá e emborca, estremecendo. O pai observa o filho, as grandes mãos vazias; o filho, o pai, o cordel entre as pequenas mãos.

O homem suspira e, enfim, ergue-se. *Vou tomar banho,* diz, e se dirige ao banheiro, o menino só olhos nele, olhos no cabelo já ralo, olhos nos olhos fugidios, olhos na barba por fazer, olhos no tufo de pelos negros que lhe sai da camisa, olhos nos braços musculosos, olhos na calça amassada, olhos nos pés dentro dos chinelos, olhos nas costas, olhos na nuca, olhos no vulto sumindo na penumbra, olhos nos objetos sob a luz da sala, olhos no pião e no cordel, olhos nas mãos cheias de riscos da vida, olhos no corredor, olhos na porta do banheiro fechada, *Pai, posso entrar?* O homem não responde, abre a torneira e o barulho do chuveiro elétrico e da água caindo abafa a voz do garoto, mas mesmo sem ouvir a porta ranger, ensaboando-se atrás da cortina de plástico, ele pressente quem veio ali, escuta o zumbido de algo na cerâmica e, apesar de saber o que é, pergunta ao filho, *O que você está fazendo?* O menino interrompe a trajetória do pião e o recolhe, dizendo, *Nada*. Abaixa em seguida a tampa do vaso e senta-se nela, mirando a silhueta do pai desenhada na cortina, como a roseira à espera das mãos que podarão seus galhos, ou a lua, do sol que a iluminará.

Um minuto se passa e, de repente, o homem começa a cantar. O menino ri, o pai tem desses rompantes, quando menos se espera, lá vem ele com seu larilará. E como se ouvir o canto não fosse suficiente, precisasse também ver o cantor, o filho puxa uma ponta da cortina e o espia, o cabelo cheio de espuma, a água a escorrer, brilhando, pelo seu torso, pelo pênis, pelas pernas, pelos pés, até gorgolejar pelo ralo. E se ele assim vê o pai, batizando-se a si mesmo, o pai abre os olhos e o vê, rindo, a gengiva à mostra onde lhe faltam os dentes, e, como se o vendo saltasse dentro dele, pai, o menino que sempre houve, eis que atira inesperadamente água no filho, que recua com um grito, surpreso. E riem ambos daquele nada que experimentam.

A mãe ouve o alvoroço, vem ver o que está acontecendo, a um só tempo enciumada por não partilhar a festa dos dois e feliz por saber que a fazem. Firme, ela ordena ao marido que depois enxugue o chão do banheiro, e ao filho que saia dali, e ambos se apressem, *Já vou pôr a comida na mesa*. E eles a obedecem, contentes por provocá-la, aliados sempre quando ela se desentende com um ou outro, embora saibam ambos que a reprimenda, agora, é falsa, e que, no fundo, ela também se diverte.

O menino observa o pai se enxugar com a toalha – em seguida, com o pano e o rodinho, o chão que havia molhado na brincadeira – e retoma à sala para esperá-lo. Dali, sente o cheiro do bife e do feijão invadindo o ar. Enrola o cordel no pião, solta-o no assoalho e o vê girar, girar, girar, até que se imobilize. E novamente o põe em movimento. Mantém-se ali, agachado, numa felicidade que é quase insuportável de se provar em um longo trago, tem é de fazê-lo em goles mínimos. Nem nota que o pai para no corredor às escuras e de lá o contempla, girando outro pião dentro dele. O menino não cogita que um dia esse cordel se partirá. E, sem ele, o pião jamais será o que foi, como a roseira não é mais a semente que a gerou, nem o sol, a poeira que se aglutinou para formá-lo, círculo de luz, esplendor.

VISITAS

Estavam na sala o casal e a filha, à espera das visitas que chegariam para o almoço. O sol entrava pela janela e se espichava como um gato aos pés da menina. A mulher observava a mesa, a toalha de linho, as louças nobres, os copos de cristal, os aparadores de metal faiscantes, a conferir se tudo estava como devia, embora ela mesma ali estivesse só com o olhar, o pensamento saíra à rua e aguardava os amigos lá fora, imaginando como seria a cena ideal do reencontro. O homem folheava uma revista, correndo os olhos pelas reportagens, delas não extraía senão uns laivos de informações, semelhantes às sombras abaixo da mesa, já que revia em devaneio o rosto do amigo, pelo menos o que a sua memória recordava; em minutos iria verificar se era o mesmo; embora ambos se unissem, como dois pratos iguais, na certa haveria diferenças entre o de ontem e o de hoje, e elas é que o interessavam. A menina, sentada no chão, brincava com seu quebra-cabeça sem pensar em nada, apenas no que suas mãos tocavam, peças de um castelo que logo montaria, indiferente ao que dissera a mãe; os amigos iam trazer a filha, da mesma idade dela, *Assim, você tem com quem brincar*...

A campainha tocou. *Chegaram*, disse a mulher e saltou do sofá. O homem fingiu que lia algo interessante na revista e se manteve imóvel, até que decidiu levantar-se e acompanhá-la; era um gesto elegante receberem juntos os convidados. Nem precisaram chamar a menina, ela se ergueu no ato e os seguiu, deixando seu brinquedo pelo assoalho, curiosa para ver o outro que à porta lhe chegava, talvez mais que os pais, que iam ter com conhecidos, se bem que ali estavam, depois de tanto tempo, para reconhecê-los, como faces diante do espelho.

Saíram juntos à varanda e viram o casal de amigos ao portão, uma garota sardenta entre eles. O amigo trazia um embrulho e, pelo formato, o homem deduziu que era uma garrafa de uísque, gentileza pela qual não esperava. A amiga tinha numa das mãos um buquê de flores e o entregou à dona da casa tão logo dela se acercou; na outra mão segurava a filha. Ali mesmo se cumprimentaram, em meio a cadeiras de vime e samambaias, uns constrangidos em abrir a porta de sua casa, outros em entrar sem cerimônia. Trocaram umas poucas palavras, usuais, que não valia se esforçarem à procura de outras, eram as que melhor cabiam à ocasião, *Que bom que vieram; Ora, prometemos; Encontraram fácil a rua?; Sim, encontramos; Quanto tempo, hein?; Pois é, quanto tempo*...; e, enquanto tentavam deixar lá fora a frialdade, à cintura deles as meninas se observavam, silenciosas.

Por fim, a dona da casa disse, *Vamos entrando*, e num instante todos já estavam na sala: os homens sentados em poltronas próximas, pernas cruzadas, olhando-se furtivamente; as mulheres, juntas a um canto do sofá, quase a ocupar as duas o espaço de um só corpo; as crianças à beira das mães se mediam a distância, uma estendendo as suas credenciais à outra, e ambas com receio de pegá-las. De imediato, os casais já as incluíram na conversa, falando de suas artes e de seus milagres, pois assunto mais grato para os pais não há do que apontar as virtudes dos filhos; e elas, meninas, permaneceram caladas, como se fossem mesmo tudo o que diziam. Depois, falou-se do novo corte de cabelo da dona da casa, do cavanhaque que o amigo usava, da barba grisalha do anfitrião, dos brincos da amiga, da sala de estar bem-decorada. E, enquanto um dizia, os outros ouviam, circunspectos, de forma que o jogo era um só, as palavras corriam daqui para lá, de lá para cá, como uma bandeja de aperitivos estendida para que dela se servissem, matando a fome das verdades alheias. Não tardou, as crianças se esparramaram pelo chão, a montar o quebra-cabeça, descontraídas; se não eram mais rápidas que os pais para se entrosarem com estranhos, o brinquedo, como um anjo, as aproximara.

A dona da casa foi à cozinha buscar algo para beliscarem, umas azeitonas, umas castanhas-de-caju, uma porção de queijo, no que foi seguida pela amiga; tinham lá coisas a falar entre si e a oportunidade se abria, como seus braços quando há pouco se saudaram na varanda.

O homem cuidou de preparar os drinques, uma dose de uísque para ele e o amigo, uma cuba-libre para as mulheres, que essa era a bebida delas, em solteiras, e, claro, Coca-Cola para as crianças. Uma mesinha foi posta no meio da sala e, assim, outros assuntos entraram, sem tocar campainha, figurantes que subiam ao palco para facilitar a atuação de cada um.

A mulher quis mostrar a casa à amiga e a conduziu por todos os cômodos, a lhe apontar o geral e o específico, ressaltando as benfeitorias e o que planejavam fazer, a um só tempo orgulhosa do que exibia e desconfiada de que a outra tivesse mais olhos para o que pedia melhoramentos, daí por que dizia, *Há muito o que fazer ainda*, ao que amiga concordava, *Bom que a vida seja assim, sempre há algo a ser feito*. Os homens enveredaram por um tema impróprio para o dia, os negócios, e se começaram cuidadosos, como quem descasca a pele de um pêssego, em minutos chegaram ao seu caroço, ambos a reclamar das mazelas de sua rotina, dos chefes incompetentes, da situação econômica. O amigo queixou-se de que não apurava o que merecia e, ao ouvi-lo, o anfitrião se solidarizou, exagerando um pouco os problemas que enfrentava na empresa, uma mentira pequena para ele, mas que faria bem ao outro. Em seguida, quando as mulheres seguiram para os fundos, puseram-se a falar da paixão que ambos tinham por carros. Conversaram sobre o novo lançamento da Mercedes, a Ferrari de um artista *pop*, os carburadores ecológicos, o *airbag*, até descerem para os automóveis que possuíam. O amigo confessou que precisava comprar um novo, mas não queria entrar em dívida. O anfitrião, que há poucos meses trocara o seu sem abalar as finanças, inventou que o fizera à custa de um grande sacrifício, contabilizando mais uma mentira. Empolgados com o assunto, nem se deram conta de que haviam ficado a sós, as crianças tinham ido ao quarto se entreter com outros brinquedos.

As mulheres passaram pela sala, sorriram com ternura para seus maridos, mais porque eram observadas uma pela outra, do que pela graça do flerte, próprio dos enamorados, e saíram à varanda, rumo ao jardim. Os homens responderam a elas com sorrisos, simulando um interesse desmedido por suas companheiras, que se às vezes era legítimo não o era naquele momento, mas apenas uma forma de comunicar um ao outro que as queriam, e por elas eram queridos. Viraram a conversa para o futebol e, como torciam para times rivais, davam suas explicações sobre seus desempenhos, civilizadamente, e quem os visse não acreditaria que soltavam foguetes, como faziam às ocultas, quando o time de um vencia o do outro. Fizeram um intervalo ao ouvir uma das meninas chorando, e, antes que pudessem agir, as mulheres, lá fora no jardim, já correram para acudir. A menina sardenta queria à força a boneca preferida da outra, e essa mostrou que se era de índole pacífica podia mudar num segundo se a provocassem. As mães contornaram o problema, não sem uma boa dose de paciência, maior que a de cuba-libre, que, aliás, ajudou na solução do embate, pois as tornara lânguidas, incapazes de se aborrecerem com a rusga das crianças. Feitas as pazes, as meninas voltaram para a sala, a brincar em torno dos pais, que já iam para o segundo tempo de sua conversa esportiva. A dona da casa perguntou aos convidados, *Posso servir? O que vocês acham?*, e, como o marido balançasse afirmativamente a cabeça, foi à cozinha com a amiga providenciar a comida.

Minutos depois, reuniram-se todos à mesa. As mães se posicionaram ao lado de suas filhas, precisavam incentivá-las a comer, porque, se deixassem, as meninas ficariam ali só a ciscar o prato, a fome de recreação era maior que a da boca. Os homens se serviram e, enquanto desfiavam um novelo de prosa, as palavras foram novamente estendidas, como se num prato, para que delas retirassem as que mais apreciavam. A dona da casa, mal saboreou uma garfada das iguarias que passara a manhã preparando, desculpou-se por não ter tido tempo de fazer algo mais sofisticado e apressou-se em comentar, *Acho que errei no sal*, e se o disse com o tempero da verdade também o fez para que os convidados discordassem, e de fato eles assim agiram, replicando, *Não! Está na medida*; o amigo, até de forma incisiva, exclamou, *Hummm, delicioso esse salmão!*, e mirou a companheira, como se lhe passando a deixa, e ela a apanhou, rápida, dizendo à outra, *Está divino, você me empresta a receita?* O assunto, artes culinárias, chegou como uma travessa de verdura, despertou a atenção no início, mas como não era o prato principal logo o retiraram. Outros foram servidos. Todos comiam frugalmente, com exceção das meninas, a remexer a comida, só pegando o que lhes apetecia; o anfitrião de olho nos cabelos brancos e nos dentes amarelados do amigo; a dona da casa, nas rugas da amiga e nos lábios que não tinham mais a vitalidade de antes. Veio a sobremesa. E então esboçou-se uma conversa que interessava só aos adultos, o passado em comum dos quatro, assunto que afastou as crianças, de volta ao quarto e aos brinquedos.

Os casais se sentaram novamente na sala de estar e foram engrossando os traços do tema abordado, até que a dona da casa se retirou para a cozinha, sub-repticiamente, e logo o aroma forte de café invadiu o ar. Falaram então de outras coisas, em geral mundanas, mas que a eles importavam, eram tijolos com os quais haviam também construído seus relacionamentos. No meio delas, juntaram aqui e ali suas opiniões, como argamassas, a fim de cimentar na memória aquele momento feliz. Depois, dissertaram sobre a fase em que viviam, estendendo-a como roupa num varal, e sopraram o vento de suas idiossincrasias, até que nada mais tinham a acrescentar. O anfitrião conduziu o amigo para ver o carro novo na garagem; a dona da casa puxou a amiga para o quintal, queria lhe mostrar os canteiros de hortelã, erva-cidreira, alecrim, salsinha, manjericão.

A sala de estar ficou às moscas. Erma, parecia suspensa no tempo, não fossem as sombras avançando no assoalho, engolindo o sol ameno e coadjuvante. Sem presença viva, o vazio ali imperava, embora os vestígios deixados revelassem que a qualquer momento as pessoas retornariam: lá estavam as bolsas e chaves dos visitantes, os brinquedos da menina espalhados pelos cantos, as migalhas de comida na toalha, o cheiro do cigarro que o amigo fumara, o volume do silêncio subindo gradualmente.

Em meia hora, os homens retomaram à sala, e também as mulheres depois de lavarem as mãos sujas de terra. Sentaram-se, contaram outras passagens de suas vidas, umas engraçadas, outras doloridas, e, no jogo das revelações, descobriram coisas que não sabiam uns dos outros. O marido e a dona da casa miravam-se a todo instante, trocando silenciosamente impressões sobre os amigos, como se ele dissesse, *Deus, como estão envelhecidos!*, e a mulher lhe devolvesse, *Ela já tem pés-de-galinha*, e o marido, *A menina deles é bem malcriada*, e a mulher, *Você viu a barriga dele?*, e o marido, *E o cavanhaque?* Mas a expressão da dona da casa de repente alterou-se, como se reconhecesse também as virtudes da amiga, *Ela continua bonita*, e o marido, as do amigo, *Ele é uma ótima companhia*, e ela, *Formam uma bela família*, e ele, *A situação financeira não é das melhores*, e ela, *Cada um tem a sua cruz*. E, se assim dialogavam os donos da casa, da mesma forma os convidados o faziam, bordando mentalmente seus comparativos enquanto em viva voz teciam sua prosa macia.

Não demorou, a amiga julgou que já era tarde e disse, *Hora de ir*; a dona da casa protestou, *Fiquem mais um pouco, ainda é cedo*, embora se sentisse aliviada, tinha ainda a louça toda para lavar e enxugar. O amigo convidou-os para que, em breve, os visitassem, cortesia com cortesia se pagava, e sem mais delongas, pegaram seus pertences. Na varanda, os casais se despediram, efusivamente. Sem perceber que as meninas, à beira do portão, desafiavam-se, comparando as sandálias.

TRAVESSIA

Escurecia. As montanhas, havia pouco iluminadas pelo sol, eram agora sombras suaves, e suas formas pontiagudas semelhavam facas rasgando a membrana do céu. A mulher cortava uma cebola na cozinha, num silêncio ainda maior que o das montanhas lá longe, atrás das quais uma vida a esperava, como a árvore espera os pássaros que nela hão de pousar. Saíam-lhe dos olhos umas lágrimas, e, se o menino entrasse naquele instante e a visse chorando, seria fácil lhe dar uma desculpa, embora ele, filho de quem era, soubesse por esses saberes que não se ensinam – já no sangue lhe correm desde o primeiro grito – que ela estava mentindo. Mas o menino esperava pelo pai, à porta, sentado na soleira. Dali observava o mundo, que ia de sua casa cravada no vale até às montanhas, em cujo topo os policiais da alfândega mantinham guarda dia-e-noite. Não compreendia por que os pais viviam dizendo que uma hora teriam de ultrapassar a fronteira. Ali, no vale, era feliz. A terra, seca ou regada pela chuva, não dizia para ele senão terra; a árvore, pousasse ou não nela um pássaro, não dizia senão árvore; a folha estremecendo ao sopro do vento dizia apenas folha; as coisas anunciavam o que eram, e no entanto ele já sabia que, além de terra, árvore, folha, elas diziam somos o que somos, exista ou não quem nos mire, e ele, menino, porque não estivesse tão distante ainda de seu nascedouro, úmido do barro em que o haviam cozido, via imensidão naquelas miudezas. Mas, de tudo ao redor, o galo, caminhando de um lado ao outro, indiferente, a catar minhocas na sujeira do solo, era o que mais o encantava. Mais que a algaravia melódica dos pássaros, o colorido das borboletas, a grama verdinha que se aderia aos morros feito uma segunda pele, as estrelas perfurando o azul do céu. Galo. Plumagem irisada. Galo. Esporão e crista. Galo. Moela, onde os grãos do tempo eram triturados até se transformarem em grito, luz, manhã. Quando o pai apontou sobre o alazão a galope, em meio à fileira de eucaliptos, e tão pequeno à distância, foi crescendo dentro de seus olhos-crianças, o menino soube que ele trazia uma ordem agarrada ao seu silêncio, como a noite, o grito do galo. Ao contrário de todas as tardes, o homem não tirou a sela do cavalo, nem pediu para o filho levar o animal ao piquete. Apenas apeou e veio vindo, as grandes mãos pendendo vazias, o cabelo negro e duro de poeira, as botas estralando no cascalho, de costas para a montanha, e o sol que declinava em definitivo. *Venha*, disse. O menino o seguiu. A mulher os viu entrarem na casa, o homem à frente, atrás o filho que dele tinha quase tudo em aparência, dela somente o contorno da boca, os olhos inquietos, a capacidade de ver no ar o que já se aproximava sem anúncio algum. Apressou-se a fritar o bife e as cebolas enquanto o marido lavava as mãos. O menino o imitou e ambos se sentaram um ao lado do outro. O homem fincou os cotovelos na mesa, apoiou o queixo entre as mãos e permaneceu olhando a paisagem lá fora, alheado. *O pai vai sair de novo?*, perguntou o filho. *Vamos!*, ouviu em resposta. A mulher trouxe o prato dos dois, voltou à cozinha para se servir e depois se juntou a eles. O homem esperou-a e, antes de dar a primeira garfada, mirou o colo e os braços dela e, como uma cobra, enfiou-se lentamente nos olhos que o atraíam. *Tem de ser esta noite*, disse. Ela oscilou um instante, feito a touceira de mato acolhendo a cobra, e, então, começou a comer. *Vamos atravessar a fronteira?*, perguntou o menino. *Sim*, respondeu o pai, *Não dá mais pra esperar*... A mulher baixou a cabeça, espetou a carne com o garfo e a levou à boca. Mastigou lentamente, sem convicção, como se tivesse perdido a fome, o que acontece a quem cozinha: prova-se a toda hora o refogado, o arroz, a verdura, a ver se não há sal demais, tempero de menos, e assim, aos poucos, vai-se saciando sem o notar. Gosto maior era ver os dois comendo, em minutos, a iguaria que ela gastara horas a preparar; e o marido e o menino atiravam-se de fato à comida, os lábios besuntados de satisfação, o pão passando de mão em mão para que cada um pegasse seu naco – e que alegria se só migalhas sobrassem na toalha puída, só umas raspas restassem nas panelas, uns nadas que no entanto agradariam aos porcos, última refeição que lhes dariam. Ergueu os olhos com esforço para o marido, como se fosse mais difícil encará-lo que alcançar o outro lado das montanhas. *Tem de ser mesmo hoje?*, perguntou ela. *Só vão ter dois guardas*, respondeu ele, *É noite de festa do lado de lá*. O filho permaneceu quieto, balançando as pernas debaixo da mesa, sem tocar o chão, flutuante, menino. De repente, a lembrança do animal lhe bicou a memória. *Posso levar o galo, pai?* O homem ergueu os olhos para a mulher, a pergunta do filho puxava uma outra, dela, presa a seu mutismo, igual o canto de um galo que arrasta o de outro, para que assim, entre gritos e silêncios, se teça a rede de um novo dia de surpresas, ou se desfie outra meada de rotina. E respondendo aos dois, um que fazia sua pergunta às claras como a luz da manhã, outra que a urdia no escuro do não-dito, mas cujos olhos suplicantes o diziam mais que um grito, o homem respondeu apenas, *Não*. Retomou à comida, ciscou no prato um pedaço de carne, empurrou o arroz com a faca para um lado, cutucou o chumaço de couve, em busca do que levaria à boca enquanto escolhia as palavras para explicar à mulher como seria a retirada. Sentia que ali estava apenas o homem que ele fora, o que era naquele momento já estava do lado de lá, à espera de seu corpo. E para saciar o outro apetite da mulher, se poderiam carregar algo que era também matéria de seus sonhos, uns raros realizados, outros na esperança de ainda o serem, ele acrescentou, *Não dá pra levar nada*. Ela parou de comer. Ergueu os olhos e viu na parede, emoldurada, a foto sépia em que ambos sorriam no dia de suas bodas. Mirou o rosto jovem do marido no papel carcomido pelas traças, quando ainda era um desejo conhecê-lo como o conhecia agora, pleno, sabendo o que cada um de seus gestos tinha além de simples gestos, e como um pássaro pousou em seu rosto atual, azulado pela barba que lhe rompia a pele, e nele ficou grudada ao visgo de sua expressão serena, ao movimento rude de sua mandíbula que mastigava vigorosamente a comida, barulhando como um ruminante. Ele a olhou com ternura, como se dissesse, *Não tenha medo, tudo dará certo*, mas ela sabia que em verdade ele dizia, *Não sei o que nos espera, mas temos de ir*. O garoto insistiu: *Deixa eu levar o galo, pai?* O homem enfiou outra garfada de comida na boca. *A subida é dura*, disse, e completou, *Come!* A mulher encontrou argumento melhor para dissuadir o menino. *Vamos cruzar a fronteira de madrugada*, disse ela, O *galo pode cantar e denunciar a gente*. O homem observou o filho de viés. Doía-lhe igualmente renunciar ao que era seu.

A comida parou-lhe na garganta, empurrou-a, bebendo numa só talagada a água fresca da moringa. O que perdia deixando tudo ali? Um homem era o que não tinha, o que não o prendia a nada, mas que poderia ter a qualquer instante, e por isso o tornava livre. À sua direita estava o menino; à frente, a mulher, e também eles não lhe pertenciam. Eram porções suas como os raios são do sol, mas a ele não regressam, escolhem seu próprio caminho e os escuros que desejam iluminar. Terminaram a refeição sem trocar mais palavras, enfiados como gavetas em seus silêncios. O homem se levantou, limpou a boca engordurada na manga da camisa, pegou uma corda e o outro cabresto pendurados num prego na parede: ia buscar a égua no piquete, prepará-la para a viagem. O menino o acompanhou. A mulher ficou só. Tardou um instante sentada, como se gerando um filho em pensamento, um sol em seu ventre. Depois, retirou os pratos da mesa e sacudiu a toalha à porta dos fundos. As migalhas de pão caíram na soleira, ia varrê-las, desistiu. Também não adiantaria lavar a louça. Iam para sempre. Era pegar água e algum de-comer para atravessar a noite e nada mais. Novamente seus olhos se umedeceram, pesava em seus ombros a criatura que o tempo moldara e já não era mais ela. *Que Deus nos proteja*, sussurrou, tentando se animar. O marido logo voltou, o menino em seu encalço. Pela moldura da porta aberta ela pôde ver o cavalo e a égua encilhados e, ao fundo, acima das montanhas, a lua minguante fincada no horizonte. Durante alguns minutos os três ficaram olhando os parcos objetos da sala, fingindo naturalidade, simulando vê-los da mesma maneira que os veriam se ali continuassem por outras noites, enquanto de fato se despediam deles, quietos e resignados. O homem dependurou a corda no prego da parede, como se fosse necessitar dela no dia seguinte, e disse, *Daqui a uma hora, a gente sai*. A mulher recolheu o vaso com flores do campo ainda viçosas, mas desnecessárias numa casa desabitada; o menino pegou o estilingue que deixara sobre a cômoda e o enfiou no bolso. Não tinham o que fazer senão aguardar a terra engolir inteiramente o sol, digeri-lo em suas entranhas como eles o faziam com a comida, e a noite se adensar, misturando num só bloco de escuridão o céu que os cobria, as montanhas cutucando os espaços ao longe, a casa onde estavam agora, inertes, contando os minutos para se lançarem às trevas da viagem, à semelhança dos galos que, ciscando os minutos, grãos do tempo, uma hora os regurgitam em canto. À espera da hora da travessia, cada um se pôs a pensar em algo a fazer, embora o que almejassem não se tenha dado como o queriam, assim era e sempre seria, o gesto exaustivamente ensaiado na imaginação, ou calculado pelo desejo, ao subir ao palco do momento em verdade torna-se outro, às vezes melhor do que se espera, às vezes pior, nunca idêntico. O homem disse de si para si, *Vou picar meu fumo de corda*, a fim de amansar as dúvidas, víboras que o atacavam por trás da aparente serenidade, mas deu que não encontrou o canivete preso pela bainha ao cinto e permaneceu ali, hirto, como se posasse para um pintor invisível. *Vou coar um café,* pensou a mulher, para manter a todos despertos na caminhada, mas eis que se esquecera de moê-lo pela manhã, e àquela hora já não tinha mais por que fazê-lo. *Vou pegar aquele vaga-lume,* pensou o menino ao ver lá fora, pela janela, bailando de cá para lá, a irrequieta luz verde, e, tendo à mão uma caixa de fósforos para aprisioná-lo, saiu atrás do inseto fosforescente que se enfiava pelas folhagens. A mulher foi ao quarto separar uma muda de roupa para cada um. O homem dirigiu-se para o alpendre e contemplou os contornos de sombra que a noite enegrecia, as cercas do piquete, a meia dúzia de porcos, as galinhas empoleiradas nas laranjeiras, os dois bezerros, e, se quisesse rever com nitidez a pequena roça de milho que havia anos teimava em cultivar, não precisava de mais claridade, ele a tinha por inteiro nas linhas das mãos. O pai no alpendre e a mãe no quarto, presos a seus poréns, não viram, nem um nem outro, que o menino se enfurnou na cozinha, pegou um embornal e saiu pela porta dos fundos, mergulhando no lusco-fusco, diante da égua e do cavalo amarrados e quietos. O homem notou um agito na direção das laranjeiras, onde as galinhas dormiam, mas não lhe passou pela cabeça que algo anormal lá sucedesse; do quarto, onde rezava para Nossa Senhora Aparecida, a mulher também ouviu um tatalar de asas, mas nem lhe ocorreu que o filho aprontava alguma. Só mais tarde, quando o homem, já sobre o cavalo, disse, *Vamos!*, e a mulher fechou a porta da casa, como se um dia a família fosse voltar, e montou na égua, e estendeu a mão para o filho subir e se acomodar à sua garupa, e o pálido luar revelou que o menino carregava um embornal, foi que ela desconfiou. *O que você está levando aí?*, perguntou. *Nada*, respondeu ele. Mas o que ia ali o desmentiu, estremeceu em desespero e escapou-lhe da mão. O pai apeou, abriu o embornal e às apalpadelas descobriu o que já sabia lá estar: o galo. Ao contrário do que a mulher e o filho esperavam, puxou o pescoço do animal para fora. *Senão ele sufoca*, disse. E o devolveu ao menino. Como a iguaria que não lhe sabe bem e vai com outra que lhe apetece na mesma garfada, a mulher digeria a um só tempo o gesto inesperado do marido e o temor de que lhes comprometesse a travessia. *Você ficou louco?*, disse ela. *A gente amarra o bico dele quando estiver clareando*, respondeu o homem. Puseram-se a caminho. Não olharam para trás, as sombras nada revelavam senão um passado perdido e, à frente, as montanhas sólidas e imponentes avultavam, lavradas em grossas camadas de escuridão. Enveredaram por uma picada que em linhas sinuosas os levaria à base da cordilheira. O homem, em seu cavalo, ponteava a jornada; se surgissem obstáculos ele os enfrentaria primeiro, não por ser escudo da família, mas por enxergar melhor nas dobras das sombras bichos, penhascos, abismos, habituado a vencer de lua a lua longas distâncias a cavalo, como a cultivar de sol a sol a sua roça. Caminharam horas seguidas e nem se deram conta do quanto haviam avançado. Quilômetros. E a fronteira distante... Na garupa da égua, o menino adormeceu, as mãos enlaçadas ao pescoço da mãe. Por algum tempo, a mulher sentiu a alegria de tê-lo às costas, como se redescobrisse em si as asas de um anjo. Sobre suas cabeças, apenas o traço da lua como um sorriso e as estrelas que pulsavam, frias. A certa altura a estrada se estreitou e uns espinhos lhes arranharam a pele, até que finalmente se acercaram do cume da cordilheira. Uns grilos cantavam. O farol do posto de vigilância girava percorrendo a faixa da fronteira. A família continuou, rasgando o tecido de trevas. Além das montanhas, podiam ver no céu a chuva colorida dos fogos de artifícios que espocavam ao longe. Era mesmo noite de festa do outro lado. Dali em diante, tinham de abandonar os animais, escalar um paredão de pedras e seguir a pé, à esquerda das luzes da cidade, onde haviam de entrar pelos fundos. Acordaram o menino. Depois, saltaram, um a um, para o lado de lá. Pareceu-lhes tão fácil que se o soubessem teriam vindo antes, muito antes, quando a vigilância ainda não era tão intensa. Meteram-se na direção oeste, devagar, embora as pernas pedissem pressa, o pai na dianteira, o filho ao meio, a mãe atrás. O farol completou um giro, clareando pedaços da paisagem, e, quando ia iluminar o terreno por onde passavam, o pai alertou, *Abaixem-se,* e abraçou-os, atirando-se com eles ao chão, atrás de um arbusto. *Senhor, tende piedade de nós*, a mulher suplicava baixinho. O menino, mudo, a garganta cheia de palavras represadas, apertava o embornal, o galo imóvel, como se sabedor do perigo. O pai, de olhos fechados, bebia o vento que perpassava a galharia. Atentos, os sentinelas focaram ali a luz do farol e notaram a folhagem se agitando. Um dos guardas disse, *Deve ser um deles*, ao que o outro respondeu, *Atira*. O sentinela mirou o arbusto, disposto a descarregar a arma, mas os galhos continuaram a oscilar, e ele desistiu, *Não, não vou desperdiçar munição, deve ser o vento*. Os minutos se alongaram e, como nada sucedia, o pai ordenou, *Vamos*, e saiu à frente, rastejando, os dentes travados, a abrir caminho. Continuaram em fuga; o coração da mãe martelava-lhe o peito; o menino olhava para trás e contemplava, admirado, as estrelas latejando no horizonte. *Passamos?*, perguntou aos pais. Não responderam. *Passamos?*, insistiu. A mulher agarrou-o pela mão que pendia no escuro, *Fica quieto*. Depois, afetuosa, murmurou, *Passamos, mas ainda não chegamos*. De repente, o galo começou a se contorcer dentro do embornal. O homem, apreensivo, sabendo que apesar de noite plena o animal já engendrava a manhã, tomou-o do filho e amarrou-lhe o bico com um barbante que trazia preso ao cinto. Seguiram por uma vereda, afastando-se lentamente da fronteira. Foram em direção ao rio, cujo rumor já ouviam a distância, e continuaram à sua margem. Caminharam mais algum tempo e pararam para descansar. *Ainda está longe?*, o filho perguntou, arfando. *Não*, a mãe mentiu, *Falta pouco*. O menino debruçou-se no ventre dela e adormeceu. Acordou mais tarde nos ombros do pai que o carregava às costas. Em meio às brumas do sono, rasgadas pela escuridão real, ouviu o que lhe pareceu ser o canto de um galo – e logo outro, que lhe respondia, e outro, e outro. Aquela terra devia ter muitos galos para trazer a manhã, pensou ele, embora a noite ainda vigorasse, profunda. Ou eram os fogos de artifícios que explodiam na madrugada festiva da cidade. Ou tiros que vinham das montanhas por onde o sol nasceria.

DUAS TARDES

A cozinha do restaurante recendia a especiarias. Pedro parou diante de um dos panelões, destampou-o, esperou a nuvem de vapor se desfazer no ar e observou o guisado lá dentro. De súbito, a porta rangeu e um vulto se esgueirou sorrateiramente. O cozinheiro fechou o panelão, girou o corpo num voleio brusco e se deparou com o inesperado visitante.

– Toninho! – exclamou, aturdido.

– Eu mesmo, mano – disse o outro.

– Que susto!

– Foi sem querer...

– Não acredito!

Antônio sorriu, os cabelos longos, a barba crescida, os olhos verdes cor de garrafa. Numa das mãos, a maleta de couro amarrada por uma cinta elástica; na outra, nada.

Pedro surpreendeu-se não por ser descoberto naqueles confins, mas porque via no irmão seu próprio retrato quando jovem.

– Posso entrar? – perguntou Antônio.

– É claro.

– Desculpe a invasão.

– Deixe de besteira.

Lá fora, a cidade vibrava sob o sol, um redemoinho agitava a terra vermelha; na cozinha, os dois se abraçaram.

– Você não mudou nada! – disse Pedro e se afastou.

– Nem você – disse Antônio e retrocedeu um passo.

– Por onde andou?

– Viajando.

– Como me achou aqui?

– Procurando.

– E esse cabelão?

– O seu era bem maior.

– É, a gente muda.

– Quanto tempo, hein?

– Quanto tempo!

O cozinheiro retirou o avental, ajeitou a gola da camisa, puxou um tamborete ao redor da mesa de mármore.

– Senta, você parece cansado – disse Pedro.

– O mormaço me deixa mole – disse Antônio.

– Veio de onde?

– De Bom Jesus.

– É aqui pertinho.

– Peguei uma venda por esses lados.

– E então?

– Coisa pequena.

– Essa região é pobre.

– Os coronéis não...

– Eles é que mandam.

– Mas não compram o que eu vendo.

– Ferragens?

– Pois é. Continuo no ramo.

Antônio se sentou no tamborete; Pedro apanhou a maleta do irmão, ajeitou-a num canto da mesa, admirado com seu peso, parecia haver nela madeiros para mais de uma cruz.

– Dá azar deixar no chão, a mãe dizia.

– Ela era supersticiosa...

– Como anda a vida?

– Vou indo.

– Nada de novo?

– Quase nada.

– Fala.

– Casei.

– Quando?

– Tem cinco anos.

– A moça é de Boa Vista?

– É.

– Eu conheço?

– Acho que não.

– Tem filhos?

– Tivemos dois, mas...

– Mas?

– Agora só o menino.

– O que aconteceu?

– A menina se foi.

– Como?

– Pneumonia.

De pé, o cozinheiro olhou furtivamente o irmão. Podia ler em seu silêncio a escrita das perdas. Haviam aprendido juntos a decifrá-la, desde cedo conheciam a sua gramática.

– Que calor! – disfarçou Antônio, enxugando o suor da testa com a manga da camisa.

– Aqui é sempre assim – disse Pedro e se sentou.

Podiam ouvir um a respiração do outro, os braços quase se tocavam, como nas noites chuvosas da infância quando encostavam as camas e rezavam baixinho para seus anjos da guarda.

– Quer um refresco? – perguntou Pedro.

– Pode ser água mesmo – disse Antônio.

O cozinheiro foi até a geladeira. O irmão abriu a maleta, tirou dela um retrato. Pelo vitrô empoeirado podia ver o céu ardidamente azul, como naquele *domingo de pescaria*.

– Tem de graviola e de caju – disse Pedro.

– Tanto faz – respondeu Antônio.

– Pena que não tem tamarindo...

– A gente ia roubar no sítio do Manezão.

– Você sempre gostou.

– A mãe adorava. Bebia uma jarra inteira...

– E os passarinhos, lembra?

– Aquele alvoroço danado.

– Você ainda tem algum?

– Dei todos.

– É uma pena.

– Eu ia armar uma arapuca, pegar um canário pro menino – disse Antônio. – Mas desisti.

– É ele? – perguntou o cozinheiro.

– É – respondeu o irmão, entregando-lhe o retrato. – Peguei pra você ver.

– Forte, hein!

– Tinha um ano e meio.

– E agora?

– Três.

Pedro ficou com o retrato entre as mãos. Antônio bebeu um gole do refresco e disse:

– É a cara da mãe.

– Os olhos são seus – disse o outro.

– E você, mano? O que me conta?

– Vou indo.

– Casou?

– Tenho uma companheira.

– É daqui?

– Não, veio do sul.

– Já tem criança?

– Ainda não.

– Há quanto tempo veio pra cá?

– Cinco anos e pouco.

– Mês passado passei por Bom Jesus – disse Antônio. – Nem sabia que estávamos tão perto.

– O mundo é pequeno demais – disse Pedro.

– A gente pensava que era grande.

– É verdade.

– Você sempre pintava o mapa-múndi pra mim, lembra?

– Lembro.

– Outro dia mesmo, encontrei um.

– Pensei que tinha sumido tudo com a cheia.

– Dei pro menino.

– Fez mal. Não servem pra nada.

– Por que não?

– Muitos países não existem mais – disse Pedro.

– Surgiram outros – disse Antônio. E de súbito sentiu uma fisgada no abdome, curvou-se, as feições contraídas, os olhos semicerrados.

– O que foi? – perguntou Pedro.

– Estômago – respondeu o outro. – Quase tive uma úlcera.

– Você é jovem demais pra essas coisas.

– Fico horas sem comer. Cada dia almoço num horário.

– Está com fome?

– Tomei um lanche no caminho.

– Precisa se alimentar melhor.

– Às vezes não dá.

– Vou fazer um prato.

– Não precisa.

– Precisa sim.

– Deixa pra lá.

– Faço questão.

– Não tem problema?

– Aqui jogamos comida fora todo dia.

Pedro andou até um dos armários, abriu-o, retirou um prato. Depois pegou garfo e faca numa gaveta.

Antônio foi atrás dele, as varas de marmelo sobre o ombro, a lata de minhocas no alforje. O sol avermelhado pulsava no céu de verão. Tiraram as camisas, penduram-nas num arbusto e desceram a ribanceira. Acomodaram-se nos rochedos, à sombra do bambuzal.

– Ali não é melhor?

– Não. Melhor perto das pedras.

– Por quê?

– Dá pra ver se tem cobra.

O rio fluía, sereno. Em meio às águas, despontavam aqui e ali galhos de árvores, troncos podres, animais mortos, dejetos tão comuns e belos que sem eles um rio não era rio.

– Olha, uma capivara!

– Quieto. Assim você espanta os peixes.

– E a…

– Psiu! A linha tá puxando…

– Vou recolher!

– Calma. Espera fisgar outra vez.

– Tá bom.

– Vai, agora!

– Peguei!

Antônio bebeu mais um gole de refresco, enquanto Pedro fazia seu prato. O silêncio gritava pela cozinha, como se espetado por um arpão.

– O trem vai sair às cinco.

– Dá tempo.

– A mulher reclama, sempre sozinha com o menino…

– Está bom de arroz?

– É muito.

– O menino gosta de bicho?

– E não? – Sorriu Antônio. – Segue trilha de formiga, prende vaga-lume em caixa de fósforos, vive abraçando cachorro.

– Já levou ele no rio?

– Uma vez.

– Gostou?

– Ficou lá olhando. Igual a gente naquele tempo…

– Num minuto estará quente – disse Pedro, colocando o prato no forno de micro-ondas.

– Eu não queria incomodar…

O peixe se contorcia no ar, louco para voltar ao rio, dono do que é seu quando a vida o habita. Antônio tentava segurá-lo, era um dourado pequeno, grande para a primeira pescaria de um menino.

– Vamos, tira do anzol!

– De que jeito?

– Segura firme.

– Assim?

– Mais pra cá.

– Tira pra mim.

– Se eu tirar, você não aprende…

Contorcendo-se, úmido de rio, o dourado caiu ao chão. Aquietou-se um instante e voltou a se debater. O que para Antônio parecia ser a vitalidade do peixe era a vida que lhe saía.

– O anzol rasgou a boca dele.

– É assim mesmo.

Vieram outros peixes, mandis e bagres, tilápias, lambaris, mais douradinhos. E no renovar de iscas a tarde foi progredindo, o alforje se enchendo, as nuvens negras cobrindo o sol.

– Quer lavar as mãos? – perguntou Pedro.

– Sim – disse Antônio.

– Ali na pia.

– Outro dia fui lá no sítio.

– E aí?

– Está abandonado. O dono quase não aparece.

– E a roça?

– Acabou. Virou tudo pasto. O homem não planta nada.

Pedro retirou o prato fumegante do forno. Antônio voltou à mesa e se sentou novamente.

Trovões ecoavam ao longe, o vento assobiava, as árvores dançavam, enlouquecidas, curvando-se sobre o rio que corria, indiferente.

– O cheiro está bom – comentou Antônio – O que é?

– É dourado – respondeu Pedro.

– Senta aqui, mano.

– Acostumei a ficar de pé.

– Agora não precisa...

O cozinheiro se sentou. O irmão se pôs a comer vorazmente, um naco de pão a cada duas garfadas de comida.

– *O que é aquilo no rio?*

– *Uma tora de eucalipto.*

– *E ali?*

– *Parece uma panela da mãe.*

– *E lá?*

– As roupas do pai!

Meteram-se pela vereda, assustados, Antônio com as varas, Pedro com os peixes a pulular no alforje. O rio margeando-os, como se eles rio e o rio meninos. Quando chegaram, as águas haviam arrastado quase tudo: as cercas, as tábuas do chiqueiro, as paredes da casa…

O cozinheiro descansou os braços no mármore frio, inclinou-se para frente, aproximou-se do irmão que raspava o prato.

– Está bom?

– Bom demais. Você se superou.

– Que nada!

– Lembro do primeiro almoço que o mano fez.

– Queimou tudo.

– Nem os porcos quiseram.

Riram, cúmplices.

– Alguém tinha de fazer a comida.

– Quem diria que você ia virar um cozinheiro de mão-cheia…

– Quer mais um pouco?

– Não, obrigado – disse Antônio.

– Deixa de cerimônia – disse Pedro.

Levantou-se, renovou o prato do irmão e o levou ao forno. O outro media seus movimentos, os olhos verdes cor de garrafa brilhavam, longe.

– Você devia aparecer em Boa Vista.

– Pra quê?

– O menino ia gostar.

– Ele nem me conhece.

– Sempre falo de você…

– Um dia eu apareço.

Pedro retirou o prato do forno e serviu Antônio outra vez. Depois andou de lá para cá, abrindo e fechando as panelas, enquanto o irmão comia de cabeça baixa.

– Mais um pouco?

– Não, estou satisfeito.

– E o estômago?

– Melhorou.

– Era fome!

Antônio limpou a boca, sacudiu as migalhas de pão. Puxou a maleta para si. Ergueu-se, a outra mão sobre o abdome dolorido. Lá fora o vento levantou uma nuvem grossa de poeira. Pelas frestas da janela, viu o sol no horizonte ensanguentado. Apanhou a maleta, abraçou Pedro timidamente e partiu às pressas, sem que nada mais pudessem dizer um ao outro. O cozinheiro recolheu o prato e o copo, e os colocou na pia. Debruçou-se à janela e observou lá fora, os olhos borrados pelo céu em tumulto, o irmão seguindo para a estação ferroviária, como um menino rumo ao rio.

MEU AMIGO JOÃO

Saindo agora do escritório dele, recordei-me subitamente das palavras de minha mãe, *A vida é uma ciranda*, dizia ela, *a gente dá a mão para uma pessoa hoje, outra nos estende a sua amanhã*. E, como se reescrevesse o meu evangelho, lembrei-me da primeira vez que o vi: João estava à sombra de uma mangueira no quintal de nossa vizinha, onde eu fora buscar folhas de louro a pedido de mamãe. Movia-se, silencioso, como uma serpente, procurando pedras no chão, com as quais depois derrubou duas mangas maduras; uma, que logo mordeu, sugando o suco como um seio; a outra, que deu a mim, a contemplá-lo, admirado. Havia pouco ele se mudara com a tia para a vila onde morávamos e, naquela manhã, ao me estender a fruta, disse apenas, *É pra você!*, e sumiu entre as árvores. Comoveu-me a sua inesperada generosidade, eu não estava habituado a ganhar nada de estranhos, era eu quem sempre dava. E descobri que ele não entrara ali pelo portão: João pulara o muro da vizinha. Mas em vez de desprezá-lo pelo roubo, admirei-o pela ousadia.

Surpreendeu-me na semana seguinte, quando nos encontramos no catecismo e a professora, após ler a Bíblia, explicou que João significava "amigo de Cristo", e ele sorriu docemente para mim, sua mais nova conquista. Foi numa dessas aulas que me entreguei de fato a ele – já então nos conhecíamos melhor e bastava vê-lo amarrado à grossa corda de seu silêncio, os lábios unidos por pregos invisíveis, para saber que não se resignava à sua condição. Era uma tarde de inverno e, de repente, o horizonte enegreceu e uma inesperada tempestade desabou. Trovões eclodiam, ininterruptos, bombardeando nossos ouvidos; relâmpagos desenhavam no céu formas horripilantes, que víamos, assustados, pelos vidros da janela. A professora fechou a cortina, acendeu a luz da sala, onde nos reuníamos em roda, e tentou nos acalmar, enquanto galhos de árvores se estatelavam na rua ao bramir da ventania. A luz tremeu uma vez, outra, e na terceira se apagou. *Vou procurar uma vela*, disse ela, e então alguém sussurrou, aflito, *Ai, meu Jesus!* Reconheci a voz de meu amigo e senti o ar que sua mão deslocava, rasgando as trevas à procura da minha – e prontamente a estendi.

Minha mãe se alegrava ao me ver com João. Nós dois nos divertíamos horas a fio com meus automóveis, piões, quebra-cabeças, soldados e índios do Forte

Apache, dinheiros e cheques do Banco Imobiliário. E me elogiava, sempre em voz alta, para meus irmãos ouvirem, que eu sabia dividir como um autêntico cristão; afinal, ninguém podia ser feliz sozinho, o paraíso na terra eram as boas companhias. Não me admirou, numa das poucas vezes que fui à casa de João – era sempre ele quem vinha à nossa –, encontrar em seu quarto brinquedos meus, alguns que eu supunha ter perdido: um avião de guerra, um carro de polícia, o trem elétrico. Ao me ver repentinamente ali, ele deu de ombros e me chamou para brincar na rua, como se aqueles brinquedos não tivessem para ele o valor que eu sabia ter. Não que eu os quisesse de volta, João é quem desejava ocultá-los de mim. Mas não me aborreci, eu sabia que nada pode ser dado se já não é do outro. E era eu ganhar uma bicicleta nova para ceder a ele a minha velha, sem hesitar em trocá-las no caminho e deixá-lo saborear algo que me alegrava possuir só para lhe oferecer. Era sobrar papel colorido, com o qual minha mãe encadernava meus livros, para igualmente encadernar os dele. Era soar o sino do recreio para sentarmos num banco, e eu dar a ele o meu lanche e assistir à sua voracidade, ao seu jeito de comer, ruminante, a mandíbula se movendo com vigor, quando então parecia um homem, e só voltava a ser menino se eu olhasse para suas mãos pequenas, seus pés balançando sem tocar o chão, seus cabelos revoltos ao vento. Era chegar o inverno para que eu admirasse meus agasalhos sobre seu corpo, vivendo o susto de me ver nele – água para seu batismo –, e não foram poucas as ocasiões em que menti, afirmando não me servirem mais para que pudessem vestir João. Era chegar o sábado para irmos juntos à banda e corrermos até o suor escorrer pelas nossas faces em fogo, e depois nos deitarmos na grama, o coração como um bumbo, trovejando, e ele transbordar seus silêncios, e eu gastar todas as moedas que ganhava em pipocas, beijus, amendoins, refrigerantes e tudo o mais que eu podia comprar para agradá-lo.

Na juventude, tive plena certeza de que João era o senhor absoluto de minha amizade. Passávamos horas em mesas de bar, eu pedindo com satisfação a marca de cerveja que ele apreciava, concedendo-lhe sempre a regalia de encerrar as nossas noites a hora que lhe fosse conveniente. Numerosas vezes o levei cambaleante para casa, atravessando a névoa da madrugada, enquanto ele prometia, aos brados, que haveria de ser importante para o mundo, sem se importar de já o ser para mim. Foi o tempo de urdir devaneios, fabricar os fios para tecermos o nosso futuro, emaranhar-nos na meada de nossas crenças ingênuas e viver o alumbramento que a descoberta do corpo feminino nos proporcionava. Como touros enfurecidos, saíamos às ruas, em busca da costela que nos faltava, experimentando uma garota e outra, convictos de que ocupavam o nosso vazio, até começarem a nos doer, mostrando o seu duvidoso encaixe. Rompíamos manhãs, perfurávamos tardes, desvirginávamos madrugadas, confidenciando um ao outro as nossas aventuras amorosas. Chegamos a partilhar, em épocas distintas, a mesma menina. Eu a namorei primeiro, ou foi Madalena quem se meteu ao meu lado em nossa ciranda. Mas, depois de alguns meses, ela preferiu seguir João, como um apóstolo, e só me restou ouvi-lo contar, em detalhes cruéis, as suas vivências com Madalena. Constrangia-me que ele soubesse o quanto eu havia me dado a ela e o pouco que ela lograra receber de mim. Eu renascera em Madalena, mas João a possuíra, e ela, certamente pelo gosto de ser possuída, morreria por ele, apesar das pedras que meu amigo lhe atirava, sobretudo se eu estivesse por perto. Mais tarde ele a abandonou: Madalena era apenas uma ermida, e João queria oficiar a sua missa numa catedral.

Comecei a me preparar para o vestibular, seguindo o exemplo de meus irmãos que cursavam faculdade em cidades vizinhas e, de tanto eu insistir, meu pai obteve no cursinho em que me matriculara uma bolsa de estudos para João. O diabo do mundo nos tentava com suas maravilhas e nos atiramos aos livros com a obstinação dos peregrinos. Não nos bastava viver entre margens de rio; queríamos lançar redes no oceano, enfiar nas mãos dos incrédulos os cravos de nossa vitória. E, como eu me empenhasse em demasia nos estudos, quase sem lazer, meu pai, temendo que o excesso fosse um obstáculo para eu atingir meu intento, oferecia-me às vezes o carro para dar uma volta. Se não saía com nenhuma garota, João ia comigo. Eu o deixava dirigir pelas ruas afastadas do centro, mas ele não se satisfazia plenamente, porque desejava se exibir à luz esfuziante das avenidas. Foi quem mais festejou quando meu pai me deu um Fiat no dia em que entrei na faculdade. Empenhou-se em me embriagar, estendendo-me a todo instante o cálice da glória, e em me raspar os cabelos, obrigando-me a dar uma face e depois a outra para escrever o nome da faculdade na qual eu entrara. Meu coração hesitava, queria disparar com a alegria do triunfo, mas se continha, receoso de que tanta satisfação o magoasse. Na semana seguinte, saiu o resultado de seu vestibular e foi a minha vez de vazar de felicidade ao descer o dedo pela folha do jornal e materializar seu nome na lista dos aprovados. Armei uma festa para ele, e, como acontecera dias antes comigo, João oscilava entre o sol daquela certeza e as nuvens de inquietude: a faculdade era pública, mas ele também teria de se mudar para a capital, e trinta moedas não bastariam para sustentá-lo. *Calma, meu amigo*, eu lhe disse. E lembrei das nossas aulas de catecismo, *Não cai um fio de cabelo sem que Deus não queira*. Ele respondeu, amargo, *Já é hora de Deus transformar as pedras de meu caminho em pães*.

O milagre aconteceu. Meu pai alugou uma quitinete em São Paulo e João foi morar comigo, o que agradou especialmente minha mãe; ela se sentia segura, achava que, junto a ele, eu enfrentaria melhor os perigos da metrópole e teria ao meu lado um guardião. Abnegado, meu pai conseguiu uma aposentadoria para a tia de João e ela, mensalmente, passou a lhe enviar algum dinheiro para que comprasse seus livros. O mais, que não era muito, eu lhe dava. Apetecia-me repartir meu pão com ele, multiplicar em dois o meu peixe.

Vivemos quatro anos metidos nos bancos da universidade, nas salas pulguentas dos cineclubes, nas pistas enfumaçadas dos inferninhos, nos corpos rijos das mulheres que nos amaciavam a fúria libidinosa, nos botecos imundos onde transformávamos vinho em água. Muitos conhecidos vinham a mim, reivindicando o posto de escolhidos, mas João era o amigo que nenhum superaria em meu coração.

Quando estávamos para colar grau, surgiu Marta e o arrebatou com sua sensualidade voraz, sua beleza saturnina, seu pai rico – o dedo que faltava à mão de João. Não tardou para Marta engravidar e se desentender com o pai que não aprovou sua união com meu amigo e a deserdou. Eles se casaram em dezembro e no sorriso de João havia uma linha de contrariedade que só minha alma podia soletrar. Na gritaria de seu silêncio, ele desafiava Deus. Providenciei um jantar para os noivos, convidando uma dúzia de colegas, e comemoramos as suas bodas. Eu me sentia feliz em entregá-lo a ela, julgava-me um bem-aventurado e seguia as palavras de Cristo: *Quem quiser ganhar a vida perdê-la-á; mas quem quiser perdê-la por mim, tudo ganhará.* Dei a ele todas as minhas economias para que pudesse ter uma lua de mel decente, embora não a de seus sonhos, e pagar adiantado três meses de aluguel de um modesto apartamento no centro da cidade, que eu encontrara para o casal.

No ano seguinte, João começou a trabalhar como *trainee* numa multinacional, eu me encaixei numa empresa, e seguimos a vida. Quando a criança nasceu, ele me convidou para batizá-la e, nesse dia, eu soube que meu amigo vivia cheio de dívidas, e no universo de seus credores não havia espaço para o perdão. Eu planejara vender meu carro e fazer um curso nos Estados Unidos, já comunicara o plano à minha família, mas, vendo João em apuros, agradeci a Deus a oportunidade de servi-lo. Consumei o negócio e dei o dinheiro apurado a ele, inventando a meu pai, cuja situação financeira declinava, que haviam me roubado o carro e eu não renovara a apólice do seguro.

Atirei-me ao trabalho e às mulheres, vaguei de corpo em corpo, em busca de minha Eva e, enfim, quando a encontrei, tinha um bom emprego e me casei. Vieram os filhos. Eu e João quase não nos víamos. Nem precisava: meu sangue repousava em seu cálice, seu rosto de menino reinava em minha memória. Sobreveio um período de silêncio, nossos encontros se espaçaram, até que entre eles não cabiam dias, mas longos anos.

Meu pai morreu, os bens que deixou motivaram uma disputa feroz entre meus irmãos, com os quais rompi relações. De repente, o progresso que eu fazia no mundo profissional cessou e me vi desempregado. No inicio não me preocupei, acostumara-me a pouco, mesmo nos tempos de abundância. Mas, com o passar dos meses, percebi que não tinha a quem recorrer. Eu estava acuado, como João na tarde em que a luz acabou, a mão estendida em busca de ajuda. Então vi nos classificados do jornal que uma importadora de azeite necessitava de um gerente e meu perfil atendia às exigências. No dia da entrevista, quando a porta se abriu, dei inesperadamente com ele, como se saindo da sombra das mangueiras para me salvar. Foi um momento divino para mim. Mas não para ele, como notei depois. João parecia estar havia muito à minha espera, como naquela manhã no quintal da vizinha, as pedras na mão para derrubar a minha e a sua manga. Abraçamo-nos, longamente, e logo ele me contou a sua via-crúcis, as jornadas que enfrentara para construir o seu tão almejado mundo, até o último lance, quando o sogro, doente, intimara-o a dirigir os negócios da família. A roda da fortuna girava finalmente para ele. Falamos o que é comum nesses reencontros e, a uma pergunta sua, contei o que se passava comigo. Entreguei em suas mãos o meu espírito, convicto de que ele se reconhecia em mim. Mas, após relembrar vários episódios de nossa vida, como se recapitulando os atos de minha paixão, ele disse que meu currículo chegara quando já se encerrara o processo de seleção e não podia interferir a meu favor. Senti a boca seca, a garganta esbraseada, e levantei-me para me despedir. Então o telefone tocou e ele atendeu. Alguém o chamava urgentemente. Esperei algum tempo, ouvindo-o gritar feito um demônio e a negociar numa língua que não era a nossa, de meninos. E, como João parecia não ter pressa, fiz-lhe um sinal e saí, sem que me estendesse a mão.

OUTRAS LIÇÕES

Os meninos se levantaram de madrugada. Vestiram-se, sonolentos, na penumbra. Lavaram-se e guardaram as escovas de dentes na maleta. Pelo vitrô do banheiro, o menor olhou as luzes acesas da cidade. O maior foi para a cozinha, onde a mãe, de camisola, esquentava o leite e coava o café. O pai separava documentos e os colocava na bolsa. Sentaram-se à mesa. Um galo cantou no quintal do vizinho. Outro respondeu, lá longe. A mãe recomendou que os meninos carregassem sempre o casaco, a qualquer hora podia esfriar. E nunca se soltassem do pai. Os dois estavam ansiosos, faltariam à escola, iam com ele a São Paulo, negociar.

O pai foi até a garagem, o menino maior abriu o portão. O menor ficou na rua segurando a maleta.

Voltaram e se despediram da mãe. Ela, preocupada, mas orgulhosa. Beijou os filhos, repetiu as recomendações, abraçou o marido.

– Cuidado.

– Eu telefono – ele prometeu.

A mulher tinha preparado lanche para os três, entregou aos meninos e ficou espreitando-os pelo vão da porta. Acenaram. O pai acelerou e o Corcel cruzou a rua vazia. Para os meninos, a viagem tinha um sabor de aventura. O maior foi no banco da frente, como se fosse seu direito. O menor deitou no banco traseiro para ver o céu clarear, devagarzinho. Na estrada, passavam poucos carros, muitos caminhões. O pai explicava que era uma rodovia importante, pela qual se transportava todo tipo de mercadoria para a capital. O Corcel vencia os quilômetros, moroso. O maior atentava para as placas que sinalizavam as distâncias.

– Já andamos trinta quilômetros.

– Tudo isso? – duvidou o menor.

– Temos muito chão ainda – disse o pai.

Os filhos não se importaram, ali estavam para acompanhá-lo. Logo se distraíram com as plantações, o gado pastando nos campos, as serras azuladas. Mais adiante, pararam num posto de gasolina. Foram ao banheiro. Os dois ladearam o pai, ficaram olhando o pinto dele. Mijaram e chacoalharam, imitando-lhe os gestos.

O homem comprou água, jornal e revistas em quadrinhos. A madrugada se esvaía, o vento abrandara. Sem delongas, retornaram à rodovia.

– Pena que o Corinthians não joga hoje – disse o pai. Os meninos se interessaram.

– A gente ia, se jogasse?

– Não fomos em Araraquara só pra ver o Timão?

– É.

– Então?

– Puxa, que azar hein…

Ficaram lendo as revistas. O menor gostava do Mancha Negra, o maior preferia o Tio Patinhas. O sol esquentava, o asfalto surgia mais reluzente além dos morros, o movimento dos automóveis aumentava. Um ônibus passou veloz. Os passageiros jogaram latinhas de refrigerante na pista e acenaram para eles. O menino maior, inquieto, queria conversar, saber que mercadoria levavam os caminhões. O menor viu as horas no relógio do pai. A mãe devia estar acordando as irmãs, a professora entrando na sala de aula.

O homem ligou o rádio, Matutino Tupi. Os locutores anunciavam a previsão do tempo, notícias internacionais. Meia hora ouvindo coisas que eles não entendiam. Mas não se aborreceram, voltados para os atrativos da rodovia. Passaram por muitas cidades. O pai falava o nome de cada uma delas, quantos habitantes, se viviam da terra ou do comércio. No acostamento, carros quebrados, gente de bicicleta. O menor viu um homem caminhando. O que o homem pensaria dele, menino? A ideia o assustou. Tantas pessoas no mundo, o que pensavam?

De repente, o pai diminuiu a velocidade.

– O que foi?

– Estão dando sinal de luz.

– Por quê?

– Algum problema lá adiante.

O menino menor se ergueu e apoiou o queixo no banco da frente. O maior fechou o Tio Patinhas. Viram um Fusca tombado, no barranco. O coração dos meninos disparou. A Polícia Rodoviária desviava o caminho. O pai tentou disfarçar, aumentou o volume do rádio, era hora do noticiário esportivo. Os três escutaram, impacientes, as novidades no Santos, no Palmeiras, até que chegou a vez do Corinthians: Rivelino estava contundido.

– Aqueles pernas de pau do Quinze – resmungou o pai.

– Pernas de pau! – repetiu o menor.

– Vai ser duro ganhar sem o Riva – resmungou o maior.

– Logo ele fica bom – disse o pai. – Vocês vão ver...

Andaram, andaram, oitenta por hora. Os meninos começaram a cansar. Não estavam acostumados. Jogavam futebol, corriam o dia todo, difícil permanecer tanto tempo imóveis. O maior cochilou, o sol acariciando seu rosto. O menor ia desperto, na sombra:

– Falta muito, pai?

– Uns cem quilômetros.

– Puxa!

Folheou o jornal. A mãe devia estar preparando o almoço, as irmãs na escola. Sem entender as notícias, também acabou cochilando.

Quando os dois acordaram, o tráfego engrossara.

– Estamos chegando – disse o pai.

A estrada era mais larga, intenso o barulho dos caminhões. Os motoristas buzinavam, ultrapassavam pela direita, freavam abruptamente. O maior viu a placa: limite de município.

O pai desligou o rádio.

– Uai, por quê? – perguntou o menor.

– Pra não distrair.

O movimento os reanimou. Haviam chegado à capital. O pai pegou uma avenida, olhava ansioso para os lados, tinha ido a São Paulo só duas vezes, podia errar o caminho. Admirados, os meninos queriam gravar tudo e, depois, contar para a mãe, as irmãs, os amigos. Pontes, prédios, semáforos, cartazes, tudo envolvido em fumaça. Pararam diante de um edifício enorme.

– É aqui a fábrica de óleo – disse o pai.

Intermediara a venda de uma carga de milho e viera receber o pagamento, engatilhar outros negócios. Obrigou os meninos a pentear os cabelos e depois trancou o carro. A recepcionista de óculos pediu que aguardassem. Os meninos acharam estranho o coqueiro dentro de um vaso na recepção. Sentados num banco, balançavam as pernas, felizes. O pai abriu a bolsa, pôs-se a mexer nos papéis. Um copeiro passou servindo café com biscoitos; os meninos avançaram. A recepcionista chamou o pai, sorriu, disse-lhe algo.

– Só à tarde? – perguntou ele.

Ela confirmou.

– Tudo bem. – Ele sorriu. – Voltamos depois.

Mas na rua o pai se mostrou contrariado. E se não pagassem à tarde? Iam ter de dormir ali, voltar só no dia seguinte. A mulher longe, preocupada. Os meninos perdendo outro dia de aula.

Andaram um pouco a pé, pelos arredores. Bairro sujo, casas velhas. Pararam numa esquina. Continuaram a caminhar, o homem segurando os filhos pela mão. Tanto tempo que não andava assim com eles.

– Estão com fome?

– Mais ou menos.

– Só um pouquinho.

– Dá pra aguentar?

Os dois não responderam, os olhos presos no visco daquela paisagem: ruas cinzentas, árvores sem pássaros, chaminés vomitando fumaça.

Entraram num bar. O calor era intenso, o homem suava. O menor se sentou no banquinho e ficou a girar, de lá para cá; o maior, quieto, fincou os cotovelos no balcão.

– Está sujo, desencosta!

Desembrulharam o lanche que a mãe havia preparado. Comeram. Em seguida, o pai pediu cachorro-quente. Os dois se lambuzaram de mostarda, irritaram-no.

Às quatro da tarde, retornaram à fábrica. Foram atendidos rapidamente. Novos negócios acertados, mas o pagamento só no dia seguinte.

– Menos mau.

De um orelhão, o homem ligou para casa, tranquilizou a mulher:

– Eles estão bem...

Entraram no Corcel e foram para o centro. Entardecia. O pai escolheu um hotel na avenida São

João. Um quarto, duas camas. Os meninos dormiriam juntos, ocupavam pouco espaço, só por uma noite.

– O porteiro tem um dente de ouro – disse o menor. – Você viu?

– Vi – respondeu o maior.

Dentro do guarda-roupa velho, cabides de arame. Os dois riram. Depois debruçaram-se à janela, para ver a avenida, lá embaixo, entupida de veículos. Cansados, sem o que fazer, releram as revistas. O pai não disfarçava seu desgosto.

– Filhos da puta!

– Filhos da puta! – repetiu baixinho o menor.

O maior pensava na aula de educação física, de matemática, de inglês.

Na avenida São João, crescia o barulho de motores, sirenes, buzinas, gritos de camelôs.

Foram tomar banho juntos. Apertaram-se os três no banheiro exíguo, coletivo. As toalhas cheiravam mal. O homem começou a cantar, os meninos gostavam de vê-lo alegre. Ainda mais ali, longe de casa, o pai sendo um outro, melhor.

A noite esfriara, o vento zunia, estremecendo as janelas. Saíram para jantar. O pai abraçou os filhos e os conduziu em silêncio, firme, com ternura. Escolheu um restaurante envidraçado, próximo à praça da República.

– Uma cerveja e dois guaranás.

Para comer, pediu frango a passarinho, que todos gostavam, e maionese.

– Está bom?

– Está.

– É, tá sim.

Enquanto comiam, o menor se interessou pela mulher que olhava insistentemente para o pai, o rosto carregado de maquiagem. O maior admirava o caixa, os garçons.

Veio a conta, o homem se apressou para pagar. Reclamou a meia-voz, tão cara a vida na cidade grande.

– Aqueles safados…

Caminharam pelas ruas do centro. Uma viatura da polícia passou, ruidosa, em alta velocidade. Os meninos eufóricos com as luzes em profusão, a zoeira dos automóveis, o colorido das lojas.

– *Putz*, que tênis! – disse o maior, diante de uma vitrine.

O menor se distraiu com a dança dos transeuntes, um mendigo caído na calçada, e se retardou. O pai puxou-o bruscamente, ralhando. Prestasse atenção, queria se perder?

No hotel, tentaram dormir. A temperatura caíra. O cobertor pinicava, o burburinho lá fora atrapalhava o sono. De madrugada o pai saltou da cama, suando frio. Enrolou-se na toalha, abriu a porta, ganhou o corredor. Quando amanheceu, contou aos meninos: tivera uma caganeira, passara mal a noite, indo e vindo do banheiro.

– Não sentiram nada?

– Eu não.

– Nem eu.

– Deve ter sido aquela maionese.

Lembrava o sofrimento noturno com alívio e ria gostoso. Os filhos se divertiram com a história.

Depois passaram num bar, tomaram café com leite, comeram pão com manteiga e foram para a fábrica.

Na recepção, quando o copeiro passou, atacaram novamente a bandeja com biscoitos. O pai os deixou esperando e sumiu no fundo do corredor.

O menor estava aborrecido.

– Safados!

O maior observava os caminhões manobrando no pátio.

O homem voltou minutos depois, no canto da boca escapava um sorriso. Os meninos perceberam, felizes.

– Vamos!

Despediram-se da recepcionista de óculos. O maior ainda olhava os caminhões; o menor, o coqueiro dentro do vaso. O pai andava depressa, queria pegar logo o caminho de casa.

– Os homens são honestos – disse. – A papelada é que demora.

Pegaram a estrada. Ônibus, caminhões, pedágios, pastagens, cidades, um acidente, outras cidades, um posto de gasolina.

– Pode completar o tanque.

Mijaram. O pai comprou pão e chocolate para a mulher e as filhas. E seguiram caminho. Mais tarde os meninos teriam de procurar um amigo para copiar o ponto. O maior pensava na avenida São João, no restaurante, nos caminhões manobrando. O menor pensava na mulher maquiada, no coqueiro da recepção, no porteiro do hotel.

– Um dente de ouro, você viu?

O Corcel se distanciava. No rádio, o noticiário esportivo; na bolsa, o pagamento; na memória, outras lições.

CHAMADA

A mãe não estava bem. De novo. E quando ela despertava assim, sem poder sair da cama, Renata teria de faltar à escola: nem era preciso o pai ordenar-lhe que ficasse; à menina cabia a tarefa de assisti-la e correr à farmácia, ou ao médico, se fosse preciso. Mas, embora a mãe não lhe parecesse ter acordado pior do que em outros dias – a tosse, como sempre, serenara à luz da manhã –, Renata não entendeu por que o pai, à porta do quarto, disse, secamente, *Vai pra escola, hoje eu fico com ela*. Obedeceu e vestiu às pressas o uniforme, a custo represando a alegria de ir ao encontro das colegas. Engoliu o café da manhã, sozinha à mesa, pensando nas emoções que em breve viveria. Depois, escovou os dentes, penteou os cabelos e foi despedir-se da mãe.

Encontrou-a sentada na cama, as costas apoiadas em dois travesseiros, os olhos inchados de insônia, nos quais ainda se podia apanhar a noite, como uma moeda no fundo do bolso. E, mesmo sendo filha e conhecendo-a bem, Renata não a achou nem mais nem menos abatida, pareceu-lhe até que gozava de boa saúde e nunca sofrera do mal que a consumia. A menina aproximou-se dela, ouviu-a sussurrar com esforço, *Bom-dia, querida*, e respondeu-lhe na mesma medida, *Bom-dia, mamãe*, que outra coisa não tinham a dizer uma a outra, senão essas óbvias palavras, por trás das quais havia o desejo visceral de que o dia lhes premiasse com outras levezas – a maior já era terem despertado para um novo dia, ainda que para a mulher, às vezes, fosse insuportável abrir os olhos e dar com o sol a arranhar as paredes.

A mãe apresentava bom aspecto, se comparado ao de outras manhãs, e, ao beijá-la, Renata sentiu a quentura de sua face, a respiração aparentemente regular, as mãos enlaçadas, dava até a impressão de que, súbito, sairia da cama e cuidaria da casa, da roupa da família, do almoço, como o fizera semanas antes, quando vencera outra crise. *Vou pra escola, mamãe*, disse a menina, e a mulher a escutou como se a filha nada tivesse dito senão, *Vou pra escola, mamãe*, e ignorasse que existiam outras palavras, agarradas aos pés dessas, esguichando silêncio. E, para não corromper a beleza desse segredo, a mãe abriu-lhe um sorriso – só ela podia saber o quanto lhe custava de vida esse simples ato de mover os lábios –, e disse, resoluta, *Vai, filha, vai*. As duas se olharam, a menina fez uma graça, *Tá bom, já vou indo*, e antes de encostar a porta, disse o que a outra deveria lhe dizer – ao menos era o que a maioria das mães diria às filhas –, como se essa fosse aquela, e Renata só o dissesse por ter ouvido tantas vezes dela, *Juízo, hein*, imitando-a de propósito, mais para agradá-la do que para lhe mostrar o quanto crescera.

O pai a esperava na sala, vestido como se para um compromisso especial e, ao ver a menina colocar a mochila às costas, entregou-lhe a lancheira, dizendo, *Fiz sanduíche de queijo e suco de laranja*. Mas Renata demorou para pegá-la, espiando pela fresta da porta a mãe que, repentinamente, empalidecera, como se aguardasse apenas ficar a sós para desabar, e então ele emendou, *Não é o que você mais gosta?*, ao que a filha respondeu apenas, *É*.

Por um instante, permaneceram imóveis, flutuando cada um em seu alheamento, aferrados às suas sensações. De repente, ele enfiou a mão no bolso, retirou a carteira, pegou uma nota de dez reais e estendeu-a à filha, *Toma, compra um doce no recreio*. Surpresa, Renata apanhou o dinheiro, beijou o pai na face, a um só tempo despedindo-se e agradecendo pela dádiva; sempre fora difícil conseguir dele algum trocado, e eis que, inesperadamente, punha-lhe na mão uma quantia tão alta... Podia ser uma recompensa pelos cuidados que ela dispensava à mãe, ou um agrado para que o dia lhe fosse menos amargo, como se ele soubesse que seria, mas Renata não pensou nem numa nem noutra hipótese, já lhe iam no pensamento a escola, as amigas e as lições que teria pela frente.

Desceu a escadaria, saltando os degraus, de dois em dois, e saiu à rua. Pegou o caminho mais curto, subindo a avenida principal, sob a copa larga das árvores, a pisar nas sombras que o sol, filtrado pelo vão dos galhos, borrifava na calçada.

O portão da escola permanecia aberto, quase não se viam alunos, todos já haviam entrado, somente um ou outro retardatário chegava. Estranhou a quietude do pátio, o vazio dos corredores, o ecoar de seus próprios passos. Correu para a sala de aula, sobressaltada, e entrou um momento antes da professora, o coração cutucando o peito, a amiga ao lado já a perguntar, *O que aconteceu? Sua mãe piorou outra vez?* Ia responder-lhe que não, embora hesitasse – ouvira o médico dizer uma vez que existiam melhoras enganosas –, mas murmurou, sem entender direito a razão pela qual mentia, *Atrasei, meu pai me acordou tarde*. Era assim, alguém sempre queria saber como andava sua mãe, e ela se aborrecia com a curiosidade alheia. Às vezes, inventava que faltara à escola por outros motivos, *Fui visitar minha tia; Machuquei o pé; Ajudei minha mãe a encerar a casa inteira;* exercitando o talento para dissimular, como o fazia àquela hora, mirando a amiga, enquanto na memória pendia a ordem estranha do pai, o dinheiro que ele lhe dera, o sorriso da mãe, *Vai, filha, vai*. E, repentinamente, sentiu remorso por estar ali, tão feliz...

A professora logo deu início à aula. Renata tentou se concentrar, mas uma outra lição a atraía, e era incapaz de lidar com as dúvidas que lhe fervilhavam a mente. Mergulhou numa névoa de sonhos, desejos e lembranças, distanciando-se tanto dali que, ao se dar conta, a lousa estava toda preenchida a giz, e as folhas de seu caderno vazias, o branco sugando-a para o centro de uma ameaça. A amiga a cutucou, *O que você tem?* Renata enveredara-se pelas linhas de sua própria matéria, tão sua que por vezes lhe parecia de outra, e respondeu, sem convicção, *Nada*. A amiga a alertou, *Então, copia*. Mas ela não se animou, manteve-se inerte, agindo contra a sua felicidade, porque se aquela era a sua realidade momentânea, ou ao menos a que desejava, algo a impedia de usufruir de sua plenitude.

A professora caminhou pela sala, a ver se os alunos copiavam em seus cadernos, chamou-lhe a atenção que Renata ainda não o fizera e a ela perguntou, *Algum problema?* A menina não se mexeu, nem disse nada, sentia o fogo de mil olhares lhe arder o rosto; ela era, sim, a aluna cuja mãe vivia de cama, mas não queria piedade nem regalia alguma. Por isso, antes de responder, *Não*, e a professora lhe ordenar, *Copie, se não você vai se atrasar*, cravou o lápis com força no caderno e começou a escrever.

A aula continuou, o tempo escorreu com lentidão, ao contrário de outras vezes em que ela se divertia e os minutos fluíam às tantas, exaurindo-se, rapidamente – como pequenas hemorragias de prazer.

O sino soou, a sala se esvaziou num minuto, o pátio foi inundado pelo alarido das crianças e seus ouvidos encheram-se com as perguntas da amiga, *O que aconteceu?*, *Está preocupada com sua mãe?*, *Ela foi pro hospital de novo?*, *O que você trouxe de lanche hoje?*, *Vamos trocar?* E Renata ia respondendo, mecanicamente, *Nada, Não, Meu pai está com ela, Pão com queijo, Vamos!* Comeu vorazmente o lanche que trocaram, a boca aberta, ruminando a boa educação que possuía. Ignorava que uma corda se quebrara em seu íntimo e a nova, que a substituiria, precisava de afinação. Nem a companhia da amiga a confortava, queria estar só, agarrada às suas suspeitas. Correu ao banheiro para se livrar de novas perguntas, trancou-se e sentou-se no vaso, a perguntar-se, confusa, *Que será que eu tenho?*

Depois, voltou ao pátio e dirigiu-se à cantina. Observou sem pressa as prateleiras de doces e escolheu mentalmente o maior sonho que havia ali, todo polvilhado de açúcar e vazando o creme espesso. Ia fazer o pedido, mas desistiu e deixou-se ficar ali, muda, como se pedra. Pegou o dinheiro do bolso, examinou-o, seria o preço que o pai lhe pagara para comprar algo que ela não queria vender? *Você quer alguma coisa?*, perguntou-lhe o homem da cantina, *Se quiser, peça logo, o recreio vai terminar*... Renata o mirou, furtivamente, e, sem lhe dar resposta, enfiou-se entre as outras crianças, repetindo em voz baixa, *Não, não, não*...

De volta à aula, entregou-se com desvelo às tarefas, tentando afastar-se de si mesma, receosa de compreender o que verdadeiramente se passava consigo, de descobrir outro significado para as surpresas daquele dia. Esforçou-se, mas sentia-se avoada, pensando a todo instante na mãe, como pensava na escola quando ficava em casa cuidando dela. Não ouvia o que diziam ao redor, as palavras lhe soavam ininteligíveis, e o sol minguava – a sala, aos poucos, era engolida pelas sombras. Não havia como desligar os motores do dia, que funcionavam a toda, em surdina.

Então, Dona Lurdes, uma das funcionárias da escola, apareceu à porta da sala, cochichou ao ouvido da professora, que, imediatamente, a chamou, *Renata, pegue suas coisas e venha até aqui*. E ela foi, lenta e resignada. A professora conduziu-a com suavidade até o corredor, *Dona Lurdes vai levar você até a Diretoria*, disse, e a abraçou, tão forte, que Renata se assustou, não porque ela jamais a tivesse tocado, mas porque o contato com aquele corpo abria-lhe uma porta que não queria ultrapassar.

No caminho até a Diretoria, lembrou-se subitamente do dinheiro no bolso, tocou-o com os dedos por cima da saia, conferiu-o. Sentiu o peso do braço de Dona Lurdes em seu ombro, como uma serpente, e grudou-se ao silêncio com todas as suas forças, embora lhe queimasse nos lábios uma pergunta que se negava fazer.

Encontrou o pai lá, em pé, os olhos úmidos, uma xícara de café nas mãos, diante do Diretor, que – sempre de cara amarrada, a repreender os alunos – mirou-a com um olhar terno, insuportável de se aceitar. *Se o senhor precisar de algo*, disse ele ao pai, *pode contar conosco*, e acompanhou-os à portaria. O pai agradeceu ao Diretor a gentileza, ergueu a cabeça, despediu-se. Na calçada, pegou subitamente a mão de Renata. Há tempos ela não andava daquele jeito com ele, e deixou-se levar, obediente, como uma criança que já não era.

Atravessaram a rua ensolarada e seguiram pela avenida principal, silenciosos, à sombra das grandes árvores. E, antes que o pai lhe dissesse o que tinha a dizer, ela compreendeu tudo.

UMBILICAL

Quando ele entrou em casa, eu estava na cozinha e não poderia escutar o ruído de sua chave girando na fechadura, nem o rangido da porta a se abrir, rascante como o da colher de pau no fundo da panela na qual àquela hora ela fazia o molho para a macarronada, porque as folhas da árvore no jardim zumbiam em meus ouvidos com a ventania e, pelo cheiro da comida no ar, eu logo pensei, *A mãe deve estar acabando a janta*, mas mesmo assim, pela vibração nova que eu podia sentir na casa e o calor que me subia pelo corpo, eu não tive dúvidas e concluí, *Ele chegou*, e, sem precisar mover a cabeça, sabia que meu filho atravessara a sala como tantos anos antes atravessara meu ventre e vinha até a cozinha e me observava silenciosamente, e ela de costas para mim, com aqueles grampos brilhando na cabeça, que valiam mais que mil histórias, enfiados entre os cabelos grisalhos, como os espinhos que eu tantas vezes enfiara nos pés, mexia com a colher de pau o molho para engrossá-lo, e se outras vezes, sobretudo em criança, quando aparecia de repente e, vendo-me distraída, eu a assustava com minha presença súbita, agora eu sabia, pela serenidade de seus movimentos que ela já havia dado pela minha presença, porque na certa ele ignorava que uma mãe sempre sente quando um filho chega, e mais ainda se ele chega partido, mesmo que lhe faltem todos os sentidos, e como não tinha porque dar as costas para ele, virei-me e o vi me observando como tinha imaginado que estava e, apesar de dar pela sua presença antes que chegassem a mim seus passos sufocados pelas folhas da árvore no jardim que zumbiam com a ventania, estremeci, ao comparar aquele com o que vivia eternamente em minha memória, e para tranquilizá-la eu disse logo, *Sou eu, mãe,* e eu para agradá-lo respondi, *Nem percebi você chegar, filho,* como se a cruz que eu arrastava a cada passo não produzisse marca nem rumor algum no assoalho que ela encerava com tanto esmero, e, embora seu semblante parecesse calmo, eu podia ler muito além de seu rosto ensombrecido pela barba malfeita a agitação que lhe ia por dentro e nem precisava me dizer o que eu já sabia, que eu mais uma vez não conseguira emprego e fingia uma indiferença que ela não deixaria de perceber, e eu bem sabia que ele dissimulava não se preocupar com mais uma derrota, e, mesmo assim, eu perguntei-lhe para esmagar o silêncio entre nós, como há pouco esmagara os dentes de alho para o molho, *Como foi a entrevista?*, e ele respondeu-me com a artimanha dos filhos que desejam poupar a mãe de seus malogros, *Foi boa, mas não tenho perfil para o cargo*, e num nítido esforço de me dar esperanças mais do que ele mesmo acreditava, inventou, *Talvez me chamem para uma outra vaga*, sem se dar conta de que, entre nós dois, era eu quem mais vivia de dar esperanças, e, então, eu lhe disse, *Vai tomar seu banho, vou colocar o macarrão para cozinhar*, e eu não disse nada e mesmo se o dissesse ela não escutaria, porque a ventania aumentara e os galhos da árvore estrondavam no telhado, e ele foi, mais obediente do que quando dependia de mim para lavá-lo, e pensei nela, enquanto entrava no boxe e sentia a água cair sobre meus cabelos, no quanto devia sofrer por eu não ser um vencedor, como os filhos da vizinha, e eu ouvia o zumbido da ventania lutando com o barulho do chuveiro e o rumorejar da água engrossada pela espuma do sabonete e da sujeira que grudara no corpo dele e, provando o molho de tomate, percebi que faltava sal, assim como sobravam trevas nos meus olhos, quando na cama, me punha a pensar no fruto que ela gerara, mas que ninguém queria, talvez porque não houvesse mais espaço no mundo para os delicados, e, fechando os olhos, eu lembrei de repente de uma tarde em que eu e ela, andando pela rua, fomos surpreendidos pela chuva e corremos juntos até o beiral de um edifício e, a cada passo, ríamos de felicidade, ríamos por estarmos ensopados, e então coloquei a água com óleo para ferver, separei o pacote de macarrão e ralei o pedaço de queijo que sobrara, quase só casca, mas ele nem perceberia, e então notei que enfim a chuva caía, e pensei que um *não* a mais não o abalaria, e recordei aquela tarde, ele ainda batia em meus quadris e eu podia tê-lo, bastava estender a mão, e a tempestade nos surpreendeu a meio caminho e corremos, e eu irritada com o que o destino nos reservava e ele começou a rir e me ensinou o que eu deveria ter ensinado a ele, o que parecia uma perseguição era em verdade uma bênção, e a água escorria pela minha cabeça, e eu comecei a rir também como ele, a gargalhar, e mal conseguíamos respirar quando nos abrigamos sob um beiral, e parecia que voltávamos a ser um só corpo, o fio se reatara, e eu estava ligado novamente nela para sempre e desliguei a torneira do chuveiro e vi que me esquecera de pegar a toalha, e eu a deixei pendurada na maçaneta da porta e disse, *A toalha está aqui, filho*, e ouvi seus passos no corredor e sua voz, longe, abafada pela zoeira do vento e o chiado da chuva, *A toalha está aqui, filho*, e eu ia dizer, *Obrigado, mãe*, mas apenas falei no volume suficiente para que ela ouvisse, *Tá bom*, e abri a porta e apanhei-a, a mesma toalha azul, já desbotada, que ela alternava com a branca, ainda felpuda e com goma, e, enquanto me enxugava, encompridei os olhos pela fresta do vitrô e vi, entre a escuridão do quintal, uma sombra mais negra a se mover e apanhar outras sombras menores que flutuavam e imaginei que ela recolhia umas mudas de roupas no varal, essas camisetas quase secas dele e agora ensopadas, *Deus, como não percebi que choveria*, e umas calcinhas cor da pele, as suas saias de tons tristes, os panos de prato rasgados, e depois os pendurei na área coberta, e vi as sombras menores novamente flutuando, agora em outro lugar e a sombra dela imóvel, como se observando à contraluz as gotas da chuva como agulhas a cair na grama do quintal, feliz com aquela bênção inesperada, e fiquei um instante a ver o céu coberto pelo véu das águas, a procurar as estrelas e, se era difícil encontrá-las, mais difícil seria captar a massa opaca de seus satélites, que elas moviam com os cordões de sua gravidade, e senti a grandeza de seu silêncio e a dor de sua inércia, e desci os olhos do espaço sideral em tumulto para o meu firmamento e vi a janela do banheiro acesa e a sua sombra movimentando-se, na certa ele estava se enxugando e logo iria se enrolar na toalha e sair pelo corredor, e me enrolei na toalha, apaguei a luz e atravessei o corredor às escuras, o rumor dos galhos vergando-se e batendo no telhado com a força do vento, e entraria no quarto e se deitaria na cama para descansar alguns minutos antes de me levantar e me vestir, e então me apressei e voltei à cozinha, coloquei os fios do macarrão na água fervente e mexi-os para que se separassem e pudessem cozinhar melhor, e, enquanto esperava, conferi se a mesa estava posta com o que ele gostava, e peguei a garrafa com o que restara do vinho que eu abrira dias antes, e embrulhei o pão no pano para que não amolecesse com a umidade, e ouvi o burburinho em meu ventre, eu não comera nada depois do almoço, e pensei no pão que a mãe na certa tinha comprado, o pão que eu não conseguia ganhar com o suor de meu rosto, pois toda tarde eu descia a ladeira e atravessava a rua de terra e ia do outro lado esperar na fila da padaria a última fornada e comprava as duas bisnagas que ele devoraria, arrancando o miolo, roendo a casca crocante, o pão quente que, às vezes, com o embrulho de encontro a meu peito, eu sentia queimar-me, como os lábios dele me ardiam quando o amamentei, e eu sabia que o pão também enchia sua boca de saliva e dizia, *Hoje vou comer um só, pega esse outro, mãe*, e ela mentia, *Não, filho, pode comer, não quero, não, comprei pra você*, e eu me sentia feliz em poder dar a ele o que eu mais queria, e vê-lo saciar sua fome, enquanto a minha não era difícil de enganar, e depois eu a via ciscar as migalhas antes de unir a toalha pelas pontas e sacudi-la no quintal, e ouvi o vento fustigando os galhos no telhado e imaginei as folhas lutando, sem poder vencer a força das águas, como eu diante de um mundo que me negava construir algo com a força de minhas mãos, a vontade do meu sangue, o sal de minhas lágrimas, e, como sabia que ele estava mais abatido que noutros dias, sem ter como desenrolar o fio de Ariadne para sair do labirinto, fui eu mesma recolhendo o novelo para ele, e eu me senti de repente atraída por algo que era meu mas há muito despregara-se de meu corpo, como a árvore talvez sinta a ausência da folha que dela se soltou e, apesar de o macarrão ainda não estar pronto, fui em direção a seu quarto, chamá-lo para a vida, e no escuro, ouvindo o rumor da chuva e das folhas varrendo as telhas com a força da ventania, de olhos fechados para outra escuridão, percebi que ela se acercava da porta, e eu disse, *Venha, filho, já está quase pronto*, e eu abri os olhos e não me movi, como quem desperta para a última ceia e procura ganhar tempo, um tempo que de nada adiantará, mas que é vida, e falei, *Estou indo, mãe*, e eu permaneci à porta um instante, pensando que haviam cortado o cordão que o ligava a mim na noite de seu nascimento, mas que um fio muito mais espesso e invisível nos atava, e eu fechei novamente os olhos e pensei no mundo ao qual ela me trouxera, e no seu primeiro choro, atônito, com a explosão de luz aqui fora, e não sei por que, vendo-o ali, quieto, na escuridão, eu sabia que ele segurava o choro e que não podia mais trazê-lo para dentro de meu ventre, lá estava ele, repleto, nos meus vazios, e engoli de uma vez só o silêncio, e repeti, *Venha*, e ergui-me, e fui, e eu o movi sem mais palavras, com o sopro suave de minha esperança, ouvindo o ímpeto da ventania lá fora vergando os galhos da árvore sobre o telhado, o rumor do temporal, e pensei que, às vezes, a semente tarda a crescer porque cai na sombra da própria árvore que a gerou, mas eu sabia que a chuva poderia carregá-la até onde o sol a nutrisse, e sentei-me à mesa, e coloquei à sua frente a travessa de macarrão com o molho grosso, e vi os dedos longos e peludos dele abrindo o pano no qual eu embrulhara as bisnagas, e eu peguei um pedaço de pão, despejei o vinho no seu copo, as mãos dela num gesto solene, e sentei-me diante do meu filho, e ergui a cabeça e mirei minha mãe.

JANELAS

Irmão e irmã. Eram. Na mesma cidade moravam, mas como se não, como se em países longínquos. Poucos se viam, frente a frente, olhos fugindo dos olhos, braços que mal se tocavam e já se afastavam, embora cada um, em seu canto, estivesse sempre a reconstruir a face do outro nos desvãos da memória. De repente, desprendendo-se das tarefas mundanas, lembravam-se do quanto se queriam, e então se viam, trêmulos, um dentro do outro, como nuvem a se mover acima de um espelho líquido. Mas nem ele nem ela, ao se reencontrarem, diriam, *Pensei em você, outro dia*, ou, *Lembrei-me de quando éramos crianças*, ou, *Por que não nos vemos mais vezes?*, e, ainda menos, na hora da despedida, mesmo contra a ordem de seus silêncios, ela diria, *Fiquei feliz em ver você*, e ele, *Nem me dei conta de que se passaram tantos anos, desde que brincávamos à sombra das videiras*. Talvez porque se constrangessem em dizer o que sentiam e, uma vez expulsos da infância, sabiam que seus olhares e gestos já o diziam, pleonasmo seria usar as palavras, apesar de que tantas vezes gostariam de ter sido repetitivos e não o haviam conseguido. Melhor assim, não dizer nada, ou dizer tudo, como disfarçadamente o faziam, contando os fatos mais corriqueiros, as miudezas de suas vidas, as prosaicas atitudes tomadas diante desse ou daquele acontecimento. De forma que ao dizer, *Mudou tanto a sua rua desde a última vez que estive aqui*, ele estava em verdade dizendo, *Nada há de abalar o meu afeto por você*, e ela entendia cada palavra dessa linguagem, porque também a usava, e se acaso comentasse, *Está tão quente hoje*, estaria por sua vez dizendo, *Que bom podermos partilhar desse momento em harmonia*.

Eis que, nessa tarde de sábado, ele sentiu vontade de vê-la, e achou que não deveria telefonar para avisá-la, como fazia sempre; corria o risco, sim, de não a encontrar em casa, mas o efeito da surpresa, se ela estivesse lá, compensaria. Assim o fizera em tantas ocasiões, quando menino, de súbito, aparecia às costas dela, garota distraída, e dava-lhe um susto, saindo, em seguida, às carreiras para fugir dos objetos que ela lhe atirava antes de perceber, aliviada, que era apenas uma brincadeira.

Meteu-se num ônibus cuja linha ia dar no bairro onde a irmã morava, distância tão longa se fosse dia de semana, mas, por ser sábado, não demorou mais de uma hora para percorrê-la, o olhar aos poucos se esvaziando dos prédios do caminho e enchendo-se, como uma bilha d'água, das casinhas típicas da periferia, sem garagens e jardins, a porta a dar na rua, as paredes descascadas, o telhado lodoso, os raios de sol ricocheteando nas antenas de TV. E, se do lado de fora a paisagem urbana mudava, alma adentro ele mantinha a confiança de que seria um encontro alegre, há muito que as margens de um não tocavam as do outro, embora sempre que se falavam ao telefone, soubessem pelo timbre de voz, quando as palavras ditas, até mesmo de maneira casual, eram em letras maiúsculas, em itálico, ou entre aspas.

Logo chegou ao ponto final, desceu do ônibus e seguiu em direção à casa da irmã. Ia de mãos vazias, nem se lembrara de comprar algo para agradá-la, uma garrafa daquele vinho que ela apreciava, uma caixa de confeitos, um pão de torresmo, não tinha nada a oferecer-lhe senão a sua própria presença viva. Caminhou pela rua estreita, passando por entre uns meninos que jogavam futebol com uma bola furada e nem se importavam, eram só sorrisos, tanto que teve desejo de ficar ali um minuto a vê-los se divertindo, mas deixou-os para trás como tantas outras coisas que um dia o haviam atraído e não pudera dar-se a elas. As rédeas da responsabilidade o puxaram, e tão bom era às vezes desobedecê-las, sair a galope, no lombo do instante, permitir-se ir aonde a vontade queria, como o fazia àquela hora, rumo à casa da irmã.

Enfiou-se por umas vielas, atravessou-as, virou uma esquina e alcançou a rua onde ela morava. Bateu à porta uma vez, outra, e, na terceira, ouviu-lhe a voz, *Já vai, só um minuto*. Devia estar lá com seus afazeres da escola, a jornada para os professores ultrapassava as horas de aula, invadia as de lazer, as de sossego, tal qual uma avalanche. E, de fato, ao ouvir que batiam, ela tirou os óculos, colocou-os sobre a mesa entre os diários de classe, levantou-se sem pressa, tão solitárias eram suas tardes, nem imaginava quem poderia ser, talvez a vizinha a lhe pedir uma xícara de açúcar, uma caixa de fósforo. E, como pelo olho mágico não via com nitidez lá fora, foi direto à chave, girou-a, depois a maçaneta, e abriu a porta, assim, despreparada.

Estremeceu ao dar com o irmão ali, aureolado de sol, o semblante sereno, um sorriso a lhe escapar dos lábios, surpresa tanto quanto em menina, mas agora sem ter o que atirar nele senão o seu espanto. *Você, aqui!*, foi o que lhe saiu, *Pois é*, ele disse, *Vim pra te ver*, e ela, então, tentando se recompor, *Entre, entre*, e, uma vez na sala, deram-se um beijo no rosto, assim sempre o faziam, cada um logo recolheu seu corpo, como se fosse proibido avançarem num abraço, ou tocarem-se carinhosamente. Sentaram-se no sofá de tecido florido, fora de moda, de onde ele viu os papéis sobre a mesa e perguntou, *Estava preparando aula?*, ao que ela respondeu, *Não, corrigindo umas provas*, e ele, *Não vou te atrapalha, vou?*, e ela, mentindo, *Claro que não, já estou terminando*, quando, na realidade, apenas começara um trabalho que lhe roubaria o resto da tarde e, com a presença dele, se espicharia até a noite.

Embora fosse um encontro como outros, natural, o irmão notou que ela parecia pouco à vontade, perturbada com algo que ele não conseguira desvendar. Não que fosse risonha em excesso, tampouco casmurra, apesar de que os anos de magistério costumavam arrancar o viço dos mestres, mas sua expressão estava séria demais, como se um motivo oculto a impedisse de ser quem ela era. O irmão não demorou para constatar que lhe escondia algo. Como quem apanha uma fruta, cuidou primeiro de tirar-lhe a casca, daí para atingir o caroço seria uma questão de tempo, de saborear aos poucos a entrega, que poderia não ser doce, e perguntou, *Tudo bem?*, sinalizando já saber que ali pairava uma sombra, ao que ela imediatamente respondeu, *Tudo? Por quê?*, ciente de que certas frutas, de polpa úmida, são mais apetecíveis com casca e tudo, e ele, já sem pressa de receber o que em breve ela lhe entregaria, completou, *Por nada*. E a irmã, só por um segundo, para que ele se recuperasse do susto de descobrir, subitamente, que uma dor estava a caminho, e ela, por ter de estendê-la, ainda que contemporizasse, disse então, *Vinte anos de magistério cansam*, e ele, entrando no jogo, *Ainda bem que existe quem ensine a ler e escrever*, e ela, *Pois é*, cobrindo o colo com uma almofada, sem o que fazer com as mãos que, a cada gesto, lançavam no ar palavras da escrita que ele há muito aprendera a ler, tanto que, imitando-a, também pegou uma almofada, virou-a, desvirou-a, brincando com as letras desse alfabeto, até dizer por fim, *Que seria desse país sem vocês?*

Mas em vez de ela dizer, *Que bom que você veio, sou tão sozinha*, e ele, *O que você está me escondendo?*, deram para falar dos outros, era um subterfúgio, uma forma indireta de falarem de si, e ela perguntou, *E o menino?*, e o irmão, orgulhoso por ter alguém que, ao mirar, pudesse lhe revelar um traço de si, uma cor igual de olhos, um queixo similar, um segredo como a fruta verde que se confunde com a folha, respondeu, *Cada dia mais arteiro*, e ela, *Deve estar grande*, e ele, *Grande e forte*, e ela, *Por que você não o trouxe?*, e ele, *Aos sábados, joga bola com os amigos*, e ela, *É bom que goste de esportes*, e ele, *Da próxima vez, trago ele comigo*, e ela, *Deixa que aproveite, a infância passa tão rápido*, e ele, *É verdade*, mas a palavra infância como que lhe tirou uma venda dos olhos e, ao erguê-los, não viu a menina com quem passava tardes brincando à sombra das videiras, mas uma mulher com rugas despontando, uns cabelos brancos na raiz que nem a tintura ocultava, as sardas nas mãos, os lábios contraídos. Sobressaltou-se com a descoberta, um susto que a irmã lhe dava, tanto que ela, ao perceber, logo emendou, *Ele está indo bem na escola?*, e o irmão, ainda não refeito, respondeu, *Está*, e, esforçando-se para não mais comparar a menina que ela fora com a sua versão atual, disse, *Outro dia, veio falando que queria ser astronauta, ia fazer um foguete pra levar a mãe e eu até a Lua*, e, como se baixasse o escudo que, invisivelmente, protegia seu rosto, ela abriu um sorriso e comentou, *Crianças estão sempre nos surpreendendo*, e foi então que ele descobriu o que ela escondia: faltavam-lhe dois dentes da frente. Era o segundo susto que levava, embora não fosse difícil constatar que esse era semente do primeiro, e ambos frutos de um susto maior, o de sentir nas mãos a água de um rio que desce as corredeiras e que jamais tornará a tocar.

O olhar dele grudou no vazio sob o lábio superior dela, como se um boticão lhe apertasse a alma, como se a consciência do momento que passa o agulhasse, tanto que a irmã logo se deu conta de seu descuido, ainda o sorriso lhe pendia no rosto, e tratou de fechá-lo, envergonhada, tentando inutilmente dizer com as mãos que apertavam a almofada algo que não lhe saía em palavras. Mas ele conseguiu afastar o constrangimento que pairava, sólido, entre ambos, com uma simples pergunta, a única que ali cabia, a única a preencher o oco daqueles dentes, *O que aconteceu?* Ela respondeu, *Dois dentes trincaram, o dentista achou melhor tirar.* O irmão continuou a mirá-la , à procura de vestígios de mentira, mas só encontrou os da verdade, e perguntou, *Você não vai deixar assim, vai?* E ela, apressando-se, *Não, vou fazer um implante, ele colocou uns dentes provisórios, mas caíram quando fui almoçar.* O irmão exclamou, *Ah, bom, pensei que ia ficar assim!*, apesar de saber que, se a solução era boa pra ela, não amenizava a aflição que ele sentia. E, suspeitando que o irmão estava diante de uma linha de sombras que teria de ultrapassar, ela disse, *Vou fazer um café pra nós,* e levantou-se bruscamente, o sol da tarde aos seus pés, a gritaria dos meninos jogando futebol lá fora, o vento a mover a papelada sobre a mesa.

Ele ficou ali, inerte, a ouvir os ruídos que ela produzia na cozinha, o ranger da porta do armário, o tilintar da panela, o chiar da água dentro dela, o cicio do fósforo riscado. Colocou a almofada no sofá, já não precisava usá-la, o diálogo das mãos fora suspenso, agora eram os objetos da sala que atraíam a sua atenção e lhe contavam, em capítulos breves, uma história de solidão: os quadros eram há muito os mesmos, tristes, de paisagens comuns, uma marina, um arvoredo, um índio; as paredes, amareladas, descascando aqui e ali, a guardar os lamentos da irmã; os bibelôs sobre a cristaleira; umas fotos dela com uma turma de alunos; um extrato bancário sobre a mesinha, talvez a única correspondência que ela recebia; a pilha de provas à espera de seus olhos; o tapete sobre o qual ele viu os pés dela apontarem, de volta à sala, os dedos a escaparem da sandália barata. Mirou-a e logo desviou o olhar, pousando-o num vaso de plantas que cresciam tão vistosas e, inesperadamente, disse, *Estão lindas essas samambaias*, e a irmã, quando notou que ele poderia atribuir tanta beleza aos cuidados dela, apressou-se a transferi-la para a própria natureza, *Ali bate sol e vem vento da janela, é uma estufa perfeita pra elas*, como se as samambaias, semoventes, tivessem experimentado todos os cantos da casa até escolherem aquele onde cresciam, escandalosamente, tanto quanto a sua imagem sem dois dentes crescia, faminta, na realidade dele. E ela, presa a um fio de pudor, disse, esforçando-se para esconder com a mão em concha a falha na boca, a gengiva obscena, *A água vai ferver, você não quer vir na cozinha?*, e ele ergueu-se, pronto para segui-la, igual faziam em criança, ela sempre à frente, arrastando-o.

As duas medidas do café esperavam pela água no coador, duas xícaras aguardavam sobre a mesa, uma com a borda lascada, mas que dali ele não podia perceber e que ela pegaria para si, a melhor deveria estar a serviço do irmão, não por ser visita, apenas uma forma de oferecer a ternura que suas mãos eram incapazes de comunicar aos cabelos dele. Então, observando a água na panela a borbulhar, ela perguntou sobre a cunhada, *A Rosa está bem?*, e ele, *Sim, está lá com muitas encomendas, todo fim de semana é aquele trabalhão*, e, se os olhos seguiam cada gesto da irmã, até o café ser colocado nas xícaras, e ambos se sentarem à mesa, um diante do outro, a mente se enredava numa teia cada vez maior de certezas, que a falta daqueles dois dentes inaugurara.

Aos poucos, sem que percebessem, puseram-se a falar do calor, do país, das crianças felizes lá fora, do espanto delas ao aprenderem as primeiras letras. E, então, de repente, ele viu-se, garoto, outra vez, no quintal de casa, à sombra das videiras, brincando com a irmã: também àquela época faltavam-lhe uns dentes, mas, ela, alheia às ciladas do futuro, sorria, sorria, aberta para a vida.

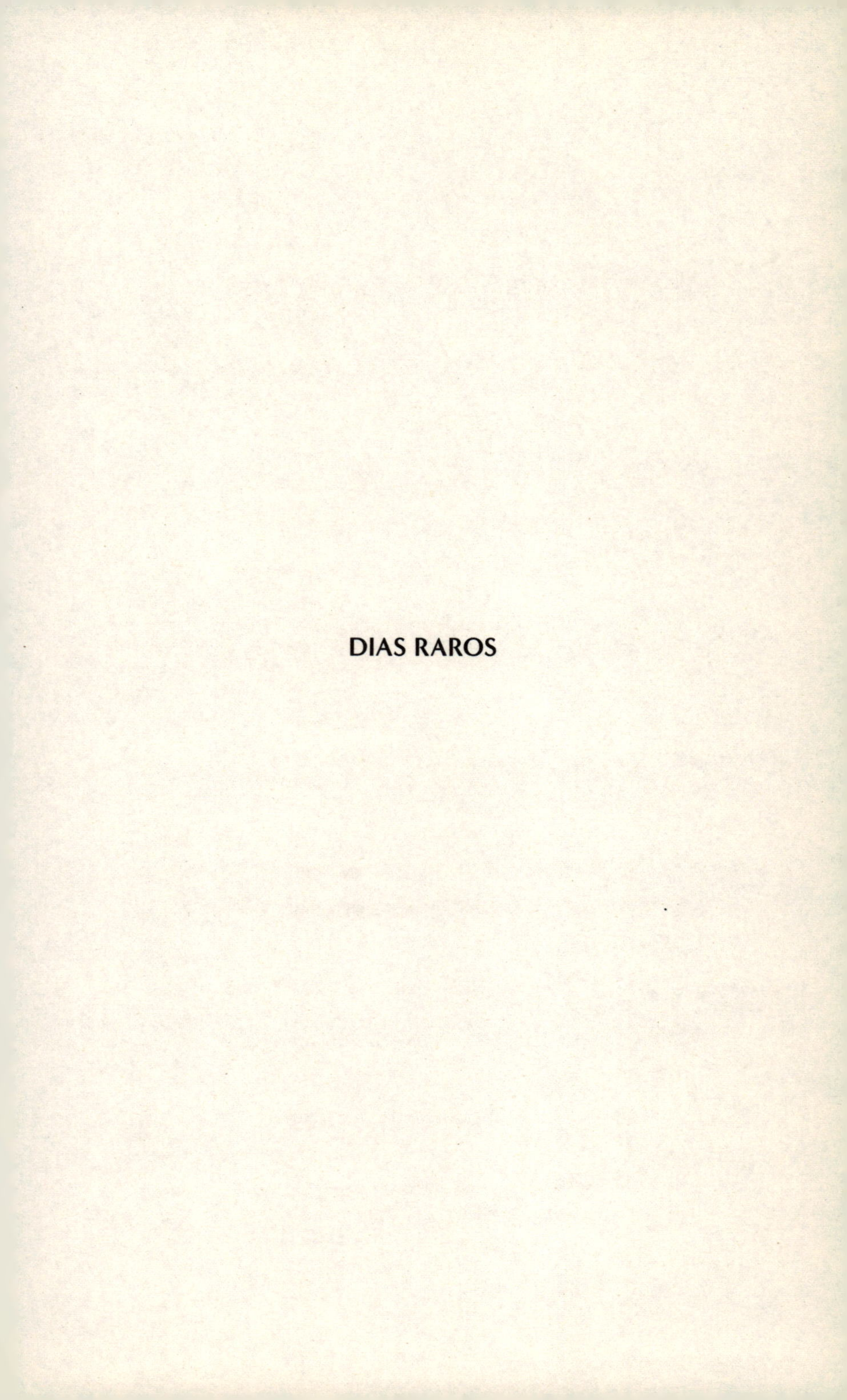

DIAS RAROS

E vinham as férias. O menino tanto as esperou que, ao chegarem, ele nem mais surpreso, a longa demora o levara a um estado de esquecimento, como se perdesse a aptidão para desfrutá-las. Porque naquele então, os dias quase não se moviam. Era o tempo sem pressa da infância, e o menino feliz como se à beira de um rio, para nadar.

Não que desgostasse da escola; as férias lhe traziam outros saberes, e queria prová-los. Mas, de repente, no primeiro dia delas, nem bem se vira livre, entregue às horas sem deveres, eis que o pai vinha com a novidade, *Você vai passar uns dias com a sua avó*. E não era a avó de sempre, mãe da mãe, que morava ali, na mesma rua, mas a outra, a avó de visita, mãe do pai, que vivia na cidadezinha, tão distante, de quase nunca a ver, frente a frente, nem na memória. O menino deslembrava.

Nutria afeição pela avó, sim, mas só a resgatava pelos sentidos, e os sentidos enevoados pela confusão do momento. O menino, raso com as coisas, ainda não as manejava direito no entendimento.

A mãe fez a mala, cantarolando, nada lhe parecia anormal, ao passo que o menino se repartia entre assimilar a ordem dada e a sua vontade própria, recordando-se das muitas vezes em que ouvira em casa, *Criança gosta de criança*, e, em atitude contrária, os pais o enviavam para longe, só ele e a avó, no outro extremo de sua idade. Por quê? Incompreendia o motivo, o mundo não, o sempre sim imposto pelos maiores. Amuou-se, sofrendo seu ser frágil, até a noite cair, leve lá fora, pesada sobre ele. O menino nem partira e já amplo de tristezas.

Lá se foi, com o pai. E a viagem se deu na certeza, no comum, na regularidade. O tempo se alargou como um elástico e, então, chegaram. O verão reinava, uma claridade vívida envolvia a cidadezinha, e o menino dentro de si, escondido num canto dele mesmo, as mãos segurando forte o boneco e o trenzinho, o consolo para seus dias de exílio.

À porta da casa, a avó os esperava, atrás dos óculos, a cabeleira grisalha, *Entrem, entrem, fizeram boa viagem?* Beijos e abraços ligeiros, não eram de muitos agrados, só olhares ternos, e os três já na cozinha, o aroma do arroz refogado, e, superando-o, o do feijão com louro, a carne a frigir na panela, o suco de tangerina sobre a mesa, o preferido do menino. E ele admirado, a avó se lembrava de seu gosto; mas, em vez de se alegrar, aborrecia-se mais, era impossível agradá-lo, haviam-no arrancado de seu mundo – pequenino, quando nele; e, agora, imenso, pela saudade.

Sentaram-se à mesa, as palavras iam e voltavam entre o pai e a avó, como as travessas que um passava ao outro, e o menino sem fala, arredio, querendo saciar sua fome de si, de suas estripulias. De seu território, soberano, só possuía o boneco e o trenzinho. E continuava nele, atrasando-se em aceitar o aqui, todo fiel ao lá. Os dois não se esforçaram para incluí-lo na conversa, mas se revezaram em perguntar, *Quer mais arroz?*, *Não gostou da couve?*, *Está chateado?*, ao que ele respondeu, *Não*, *Sim*, *Não*.

O pai foi tirar um cochilo no sofá, a avó na cozinha com a louça. O menino debruçou-se à janela; além do vidro o jardinzinho, a rua vazia, o ar raro – era apenas o começo da solidão. Uma sílaba, a primeira, de seu martírio. Permaneceu ali, apartado de tudo, a alma encolhida, à espera da piora.

Não demorou, o pai se ergueu, disse, *Daqui uma semana volto pra te buscar*, e o abraçou. O menino pousava sólido, mas era todo líquido, quase se derramando. Não, não ia chorar. Despedira-se, digno, da mãe, com quem podia fraquejar, ainda em seu espaço, e, nesse outro, estrangeiro, tinha de se conter perante o pai.

Deu-se, enfim, a hora dele e da avó. Ia começar a eternidade. Ela, ciente de seus sentimentos, não o mirava com imensidão, mas miudamente, disfarçando, como se não visse o seu desencanto. E, já que o menino não escolhera estar ali, ela quis lhe oferecer outras alternativas, a cor da toalha de banho, *Azul ou verde?*, a cama onde dormiria, *A de solteiro ou a de casal, comigo?*, o lanche da tarde, *Pipoca ou cachorro-quente?*, e o neto nas suas preferências, menos triste, mas ainda remoto. Decidiu deixá-lo em seus silêncios. *Estou lá no quintal*, ela disse, e saiu pela porta da cozinha.

O menino com os brinquedos entre as mãos, solitário. Observou a luz da tarde se espichando pelo corredor e foi em sua direção. Nunca viera àquela casa depois de crescido, a avó é quem ia de visita, sempre, à capital. Por isso, espantou-se com as árvores e suas sombras tremulando no chão de terra. O interesse reacendeu o menino, uma fagulha que podia se apagar, e vendo-a no rosto dele, a avó perguntou, *Gostou da jabuticabeira?*, e o atiçou, *Venha, venha experimentar no pé, é uma delícia*, e ele foi, disposto a resistir à paz que ela lhe propunha. Continuava aborrecido, mas a intolerância já não operava em máxima rotação e quase cessou, quando ele chupou o caldinho das primeiras jabuticabas, tão doces as pequenas, tão tentadoras as graúdas…

Dali, misturado à galharia, viu a avó a cavoucar um canteiro, de onde brotavam tufos de ervas, de diversas tonalidades, como se fossem a pele da terra, e aquele arranjo colorido o atraía. Foi até ela assuntar: já não era só menino-respostas, mas também menino-perguntas. *O que é isso?*, murmurou, e a avó, *Uma horta, querido*, e ele, *O que a senhora tá fazendo?*, e ela, *Afofando a terra*, e ele, *É tudo alface?*, e ela, sorrindo, *Não*, e apontou as folhas lisas, verdeclarinhas, os maços crespos, verdescuros, e seus nomes, *Acelga, almeirão, escarola*. Ali, mais ao rés do muro, *Veja*, as plantas de tempero… E estendendo para ele um galhinho que apanhara, a avó disse,

Cheira. Ele cheirou. E era a hortelã. Ela pegou outro, distinto, e o deu ao menino, que sorveu seu aroma. E era o alecrim. E depois era o manjericão. E a avó o instigou a tocar a folhagem das verduras, a sentir a aspereza de umas, a finura de outras, a morder os ramos de erva-doce, de salsa, de cebolinha. De repente, o pesar dele se enfiava no canteiro, e lhe saía das mãos, ao tocar as plantinhas, uma semente de alegria, tênue, tênue, como o instante que perpassava os dois, enquanto espessos eram os torrões de terra se infiltrando sob suas unhas. Demorou a perceber que a avó pedia ajuda para levantar-se e nele se amparou até a porta da cozinha, *Estou meio fraca*, disse, e, às apalpadelas, chegou à pia, onde lavou as mãos e o rosto. *É a idade*, sorriu, sentando-se, e o menino só olhos, não sabia ainda ir à raiz dos eventos, só via o que saía deles, o tronco, os galhos, as folhas, mas não o que lhes dava sustento, o que ocultamente produziam antes, em silêncio.

Depois, seguiram para a sala, ele a fazer desenhos num papel, ainda se estranhando ali, menos contrariado pela experiência no quintal; ela a ver uma revista, um olho nas páginas já muito manuseadas, outro na página viva à sua frente – parte de sua própria escrita. Entardeceu. A avó foi cuidar da casa, o menino só, outra vez. E veio o banho quente, o ruído das cigarras, o jantar, os vultos nas casas vizinhas, o coração espremido de novo, a saudade dos pais que o submetiam àquela provação.

Diante da TV, a angústia vazou e ele pediu, baixinho, *Posso ligar em casa?* Podia, *Como não?* A mãe perguntou se estava tudo bem; fingiu felicidade, não queria dolorir a avó, e era felicidade justa quando falou da horta, do quintal, *As jabuticabas, tão docinhas, mamãe...* Mas, em seguida, veio a ordem, *Passe o telefone pra vovó*, e ele de volta à sua resignação, sem mais ninguém. Sobreveio o sono. Abraçado ao boneco e ao trenzinho, adormeceu, em sobressaltos, escutando o relógio de pêndulo na sala, uma confusão de imagens, tanto escuro naquele dia, só o canteiro de ervas em luz.

Ao amanhecer, viu-se atrás da avó, para lá e para cá, sem notar que era tudo o que ela desejava e, no fundo, um jeito de ele mesmo desentristecer. Acompanhou-a ao mercado e, no caminho, vieram umas perguntas que ele foi respondendo. De súbito, já narrava a ela umas coisas de sua vida, os amigos da escola, a professora, *Já sei contar até cem*, os jogos de futebol, a coleção de *cards*, *Tá faltando só dez*, e, tanto ela o incentivava e o ouvia com atenção, que sentiu gosto em dizer o que dizia, e, dizendo-o, se tornava alado, novamente menino. Na volta, carregando as sacolas, pisava com satisfação o sol entre as sombras da calçada, mirava a copa das árvores, o céu de azul lindo, sem entender direito a calma que o dominava. E a avó, devagarinho, vendo-o à sua frente, ultrapassava-se em alegria, e a maior delas ali, o momento-já a apanhar os dois na rua, o bonito de descobrir que o fruto se produzia em qualquer lugar, *Me espere, não vai tão depressa*, ela pediu, e ele, atendendo, *Tá bom, eu te espero...*

Em casa, a avó ao fogão. O menino no quintal: tirou os sapatos, os pés na terra, humilde. Trepou na mangueira, ficou em seus galhos, empoleirado, sorvendo o frescor do vento à sombra. Nem viviam mais nele as querências de ontem. Assustou-se com os passarinhos; vinham agilmente, cortavam os espaços, coloriam o ar, pousavam, a cabecinha gira-girando. E seus voos, repentinos, a cantoria, todos no tranquilo, o menino inclusive, sãos e simples. Depois, quando a avó veio ao canteiro colher alface, *Vou fazer uma salada*, ele correu até ela, *Deixa eu te ajudar, vó?* E gostou de mexer novamente na terra, seca na superfície, úmida lá dentro, onde era a verdadeira, onde pulsava seu coração granular.

E foi assim: aos poucos desabava o edifício de seu não-querer, ele mesmo o demolia, ele e o amor da avó, que, ao varrer a cozinha, também ia se adaptando a amá-lo do seu jeito. Fizeram umas tantas coisas juntos que o dia se encompridou: assistiram desenhos animados – o menino a explicar quem era quem, o Pica-pau, o Papa-léguas, o Piu-piu, *Olha lá, vó, aquele é o Frajola* – e jogaram dama, e comeram bolo de fubá, e riram, e silenciaram. Mais tarde, ela arrumou umas gavetas, *Vou dar essas roupas pro asilo*, e ele ao seu lado, folheando-a, em estudo, feito um livro. Não lhe doía mais estar ali.

Vieram os outros dias. E tudo se repetiu no variado da vida. O mais querido do menino era o quintal, o entre as árvores, os cuidados com a horta, e tão bom que a avó resolvera semear, ampliar uns canteiros, adubar as verduras. Num canto da sala, o boneco e o trenzinho, abandonados. Agora, o mundo não pedia sacrifícios ao menino, só o que ele podia dar. Descobria, de repente, a parte secreta de si, o leve do viver, e o mais leve era vivê-lo com alguém, falando de si e das coisas, para assim suportar tudo o que sentia, *Vai demorar pra crescer os tomates, vó?, A senhora faz hoje batata frita pra mim?, Os passarinhos estão bicando as laranjas!*

E dividiram outras tantas horas, que a semana se esgarçou, e, ao fim de uma manhã, tagarelando na varanda, o menino viu o pai avultar. Era o tempo de voltar. *Mas já?* Tudo ia tão rápido quando a felicidade vagava na gente…

Almoçaram. O pai se espichou no sofá, logo cochilava. A avó refez a mala do menino, ele à sua margem, sem entender a iminência do fim. A alma, num minuto, reaprendia a sofrer.

Perto do carro, recebeu o abraço da avó, e rápido se soltou. Não queria se entregar mais, apenas compreender o que acontecera. E, num clarão, compreendeu. Era aquilo. Sempre uma ida às coisas e sua sequente despedida. Na mesma hora que ganhava a vivência, nele ela se perdia. Sorte que vinha outra, a cicatrizar a alegria ou a abrir nova ferida, também logo substituída. E as pessoas nesse renovar-se, envelhecendo. As pessoas no meio, com suas raízes sujas de terra, cavoucando seus mistérios, bem-querendo-se, e juntas, acima das mal-queridas ausências. E todas, todas, o tempo inteiro, indo embora.

O verão ardia, espalhando a luminosidade tamanha. A tepidez da terra na lembrança. O carro se moveu, vagaroso, e o menino acenou para a avó, *Tchau, tchau…* Só não entendia por que, na tarde tão ensolarada, aquela garoa em seus olhos.

POENTE

Quando o homem entrou na sala, a mulher estava à janela, contemplando o mar que ondulava calmamente seu azul pela baía.

O sol engolia com voracidade os restos das sombras: seu fulgor era uma ordem para que a felicidade tomasse o leme do dia. Como se naquela manhã luminosa fosse difícil, quase impossível, morrer.

O homem se aproximou da mulher, sorrateiro, igual a maré que às vezes vinha dar a seus pés sem que percebesse. Mesmo de costas, presa à tanta luz que envolvia os espaços lá fora, ela sabia que ele se acercava, não porque pudesse sentir uma vibração no ar, nem por conhecer a suavidade de sua ancoragem. Mas porque a areia na praia pressente quando a água lhe vem tocar.

Ele parou atrás dela e aguardou que se virasse, para abraçá-la. Ela fez o que o momento pedia: voltou-se e o mirou, mais fundo que o mar agora atrás de si, embora o rosto dele fosse um borrão em seus olhos inundados de sol. A mulher abriu os braços lentamente, e seu gesto dizia,

Venha e se aninhe em mim pra sempre,

mas os braços do homem a enlaçaram de um jeito desesperado, como se dissessem,

Pena que seja a última vez,

e quando, no instante seguinte, ambos se soltaram, o gesto de afastar-se dela dizia,

Pena mesmo,

assim como o passo dele, em recuo, dizia,

Não conheço mais as leis de seu corpo.

Sentaram-se no sofá, lado a lado, como tantas vezes haviam feito para falar da vida – os assuntos fixos e os fugazes –, ou assistir a TV, ou brincar com o menino,

sem perceber que daquela maneira, distraídos para o mundo, estavam decidindo seus destinos.

Mas agora também estavam e o sabiam, o que tomava a percepção do momento solene, apesar de ser apenas mais um momento, como outros.

A mulher colocou as mãos sobre os joelhos unidos, enquanto o homem curvava a cabeça e olhava os próprios pés.

O silêncio de um se aglutinou ao do outro, e os dois ouviram o ruído distante do menino no quarto, despertando para seus brinquedos, acima do som das marés. O menino, emergido deles. Reconheciam-se nos seus trejeitos; viam-se, em susto, na cor de seus olhos, no contorno de seu nariz; os cabelos da mulher, o sorriso do homem, em outra vida. Água e areia num inusitado desenho. A mistura de dois sonhos transformada em carne. O menino, em sua face raiavam as boas descobertas.

A mulher inclinou-se e perguntou,

E então?

O homem suspirou e respondeu,

Então acabou.

O dia novo se expandia, ainda sujo de noite. Uma harmonia enganadora se adensava no ar.

O homem ergueu a cabeça e sussurrou,

Não pensei que fosse acabar assim;

a mulher, os lábios trêmulos, ia dizer,

Não pensei que fosse acabar,

mas engoliu o seu agudo desencanto

e não disse nada.

Seus olhos se agarravam à paisagem que transbordava da baía para a sala, como se a imensidão do oceano, a lavar os grandes rochedos, pudesse convencê-la de que não havia dor capaz de resistir à selvageria daquele azul.

E como se sentissem que só as palavras podiam impedi-los de se afundar, permitiram que subissem à tona, não como peixes solitários, mas em cardumes, beliscando as lembranças.

Foi ela quem iniciou,

Por que deixamos que chegasse a esse ponto?

Ele,

Não sei.

Ela,

Você podia ter me falado.

Ele,

Você também.

Ela,

Cada um cuidou de si e se esqueceu do outro.

Ele,

A gente só percebe o erro quando já o cometeu.

Ela,

Se soubéssemos quando as coisas começam a terminar, talvez pudéssemos fazer algo.

Ele,

Mas não sabemos.

Ela,

Nunca saberemos.

Uma onda morreu na baía, levemente, e o braço do mar acolheu a água em refluxo, como se a ninasse.

Ela continuou,

Só descobrimos o mal quando é tarde demais.

Ele,

Se nada acontece é porque não estamos percebendo o mal agindo.

Ela,

Dez anos pra terminar assim,

e cobriu o rosto com as mãos, o calor das primeiras lágrimas,

como dois desconhecidos.

O homem abaixou novamente a cabeça e mirou os sapatos. Lembrou-se de que fora a mulher quem os comprara. Também a roupa que ele vestia. E o relógio em seu pulso. E a carteira em seu bolso. E a corrente de ouro em seu pescoço. E o pão que comeria no café da manhã. Tudo ao seu redor estava ali, pelas mãos dela.

A mulher respirou fundo, enxugou as lágrimas com as costas da mão e a secou na calça. Lembrou-se de que fora o marido quem lhe dera o dinheiro para comprá-la. Também os brincos em suas orelhas. O xampu que ela usava. O café há pouco coado. Os anéis, todos presentes dele. A dor que a espetava o coração, também.

Quieto, nas suas profundezas, o homem se agarrava a umas recordações; a mulher, igualmente, a outras. Tudo que acontecera a ele nesses anos tinha a estampa de cumplicidade dela. E cada minuto vivido por ela trazia a marca abrasiva da presença dele. Doía mais saber da fratura que os vitimara do que a fratura em si, o fim se infiltrando.

A mulher,

(era dela a capacidade maior de suportar a tormenta),

como criatura aparelhada para fabricar dentro si, pacientemente, a esperança,

sentia um fio de dúvida, e se havia um tijolo inteiro em meio à ruína, sabia-se capaz de reerguer uma nova cidade a partir dele,

e, por isso,

retomou a conversa,

Não há mesmo o que fazer?

O homem,

se pudesse, tentaria represar o sentimento de malogro, a expandir-se com a impiedosa vazante dos dias,

mas,

mesmo se unhas crescessem em seu pensamento para facilitar a escavação nos monturos,

ele não conseguiria encontrar senão tijolos pulverizados e só teria uma resposta a dar:

Não.

Ela,

mordendo os lábios diante do deserto à sua frente, perguntou,

Nem tentar?

Ele,

usando toda a sua ternura para não parecer brutal, disse,

Um remo quebrado é um remo quebrado.

Ela,

então,

fechou os olhos com força,

as segundas lágrimas queimando-lhe a face.

O sol escalava lentamente as paredes da sala, acendendo a manhã nos móveis e objetos diante do casal.

O gosto dos dois estava ali, como duas tintas, tão bem diluídas que resultavam numa textura única. Ele e ela fundidos na cor das paredes, no estilo da estante, nas pinturas figurativas, nos bibelôs. Assim também nos cantos dos quartos, os chumaços de seus sonhos; nas gretas do assoalho, as cinzas das horas felizes.

E agora a correnteza solapava tudo.

A mulher soluçou baixinho, enfiada até o pescoço no instante, como se dentro do oceano, embora no seu fundo só visse escuridão, nenhuma de suas maravilhas, nenhum búzio, nenhuma água-viva.

Não sei se vou conseguir,

ela disse, a voz estreita,

e o homem,

abatido,

sim,

por não ter evitado com ela o naufrágio, mas já mais avançado no luto,

areia a secar na ventania,

disse,

Vai.

Sabiam, a vida se vivia aos trechos. E para se inteirar dela cada um tinha de conquistar regiões do outro ou entregar as suas. Mas havia a retirada. O perigo de ser só alegria já passara – porque era sempre efêmero. Agora fluiriam os dias doloridos, e não haveria como deter o seu derrame.

Ele prosseguiu,

Vai ser melhor pra todos.

A mulher segurou nos olhos as águas novas, que vinham, ferventes. Disse,

Como vamos fazer?

O homem respondeu,

Amanhã eu saio de casa. Alugo uma quitinete.

Ela,

E as coisas?

Ele,

Dividimos depois. Temos tão pouco…

Ela,

Antes, ao menos, tínhamos um ao outro.

Ele,

Nem isso temos mais.

Ela,

É, nem isso.

Os raios de sol continuavam deslizando pela sala, as sombras móveis, em desenho. Na avenida beira-mar, o vaivém das pessoas se intensificava.

A mulher suspirou,

E o menino? Quando contamos a ele?

O homem viu pela janela a paisagem estourada de luz.

Já!,

respondeu,

pra que adiar?

O mar acariciava a amurada rente à praia, onde um e outro transeunte caminhavam, alheios, pela orla azulada.

Ela moveu a cabeça num sinal afirmativo.

Suspirou e, elevando a voz, chamou, com vigor,

um vigor que a si mesma assustou, pelo seu inesperado, pela sua contundência,

Filho, venha aqui!

O homem completou, num disfarce de coragem,

Vamos conversar um pouquinho.

Os dois então se entreolharam

enquanto o silêncio alagava vagarosamente as paredes ao redor, a sala, a casa inteira.

E, em seguida, partindo-o, vibrou o grito alegre do menino, que vinha do quarto,

Tô indo.

Num instante, eis que ele surgiu à frente dos pais, um brinquedo na mão, o sorriso fulgurante como a manhã na baía.

O menino, tão cedo para o sol se pôr de seu rosto.

DORA

Não quero me recordar, mas se fecho os olhos as cenas voltam, bailando em minha memória, desde a primeira, no consultório, quando o médico abriu o envelope com o resultado dos exames e disse, *É o que eu mais temia*, e Duda que se casaria duas semanas depois não aceitava, não, aquilo não podia acontecer com Dora, *Pede outro exame, doutor*, e o médico, *Não é preciso*, o importante era iniciar logo as aplicações, *É melhor não contar nada a ela*, e nós saímos à rua, zonzos com a cruz daquela verdade às costas, e meus olhos se recusavam a ver o mundo que em breve não teria mais a suave presença de Dora. E Duda vociferava, *Não pode ser, não pode ser*, e eu tentava acalmá-lo, *Você tem de cuidar de seu casamento*, e ele, *Vou desmarcar*, e eu, *Ninguém vai entender, Dora vai desconfiar*, e ele, *Não, não*, e eu, *Vamos manter a festa*, seria a oportunidade para ela rever, quem sabe pela última vez, alguns parentes distantes, e ele protestava, ao volante, *Que desgraça!*, e os exames no banco de trás eram uma silenciosa certeza que, de repente, arrebentara as fundações de nossa felicidade. *O que vamos dizer a ela?*, eu pensava, porque apesar de enfraquecida, ela estava esperançosa com o novo tratamento, talvez pudesse retomar logo seu trabalho na escola, *Já estou de licença há vinte dias*, reclamara, *As crianças não podem ser prejudicadas*, e Duda, *Mana, puseram uma substituta, não se preocupe*, e Luana, *Deixa que sintam um pouco a sua falta*, e eu, *Cuidado, Duda, dirige com atenção*, e as lembranças brotavam como uma avalanche, e eu já nem escutava as buzinas, o ruído dos motores, e Duda, *Não posso casar com ela nessa situação!*, e a noite abissal caíra em minha alma, e eu tentava entender o vazio que me sufocava e só pensava, *Por que Dora?*, era ela, com seu bom humor, que tornava mais leve o fardo dos nossos conflitos familiares, era Dora quem juntava as peças de nossa história perdida no emaranhado dos fatos, e Duda roía com raiva os ossos daquela sentença e dela não se desgrudava, *Não pode ser, não pode ser*, e buzinava, buzinava, como se aquele som prosaico dissesse, *Estamos perdendo uma pessoa que amamos*, e eu já me sentia abandonado, vomitando solidão. O sol descia lentamente além dos edifícios, aqui e ali recortados pela luz das janelas, e seus raios se espalhavam sangrentos pelo horizonte, e eu não conseguia ver Dora como uma criatura turva; ela era barro, sim, igual a todos nós, mas a bondade a cozinhara a altas temperaturas, e lhe dera a transparência dos vidros, pela qual eu podia ver os mecanismos da vida funcionando em desordem dentro dela e, sem ouvir a minha própria voz, *Calma, Duda, não vá piorar as coisas*, eu me via, no futuro imediato, a procurar os ecos de seu riso, de seu canto, de suas palavras sempre tão grávidas de esperança, e, subitamente, *Deus!*, espremi a dor que me dilacerava o espírito e falei, *Assim estamos matando Dora*, ela ainda está no meio de nós, *Temos de usufruir cada minuto em sua companhia*. Mas Duda não aceitava, o inconformismo se imantara nele, *Ela já se foi, ela já se foi*, ele dizia, e eu, *Não, não, ela ainda tem algum tempo*, e Duda mudava as marchas nervosamente, queria avançar, como se desejasse deter o inevitável que, no entanto, vinha em surdina e não se sensibilizava com o nosso pesar. Chegamos em casa, atônitos, e mal vi o rosto de Dora à janela, ela nos acenava, feliz, rodeada pela noite, então abaixei os olhos a custo represando os sentimentos controversos que me sacudiam, preparando-me para dizer a maior de todas as mentiras, *É uma inflamação brava, demora pra sarar, mas com a sua ajuda...*, e foi isso o que eu disse, à mesa, diante do prato de sopa que não me descia, *É o calor, perdi a fome*, mas Luana, esperta, captara a verdade em meu semblante, e a apanhara como uma pedra à beira do silêncio de Duda, enquanto ele me apoiava movendo afirmativamente a cabeça, e Dora,

O que foi Duda?, e ele, reunindo cada migalha de sua coragem, *Tô preocupado com o casamento*, e ela riu, tão docemente ingênua, ignorando a dimensão do mal que logo a arruinaria, porque, apesar do aspecto frágil, era ainda a Dora vazando vida que nós conhecíamos desde menina, os sinais do mal represados por um fiapo de saúde. E, como era insuportável admitir que ela estava de partida, mais do que convencê-la que tinha apenas uma inflamação, exagerei nos detalhes, afirmando que logo ela estaria bem melhor, *É hora de sair dessa vida boa*, e, de repente, me vi eufórico, tanto que Luana entrou no jogo e, cúmplice, apanhou o pão e fez um movimento dissimulado, como se dizendo, *Assim, ela vai perceber*, e por meio de olhares, nós três dialogamos sem que Dora notasse, e esquecemos que a indesejada nos observava, com a sua foice fria, e pareceu-me, ao observar o céu, sentado depois à varanda, que tudo retornava ao seu lugar, Duda se casaria, Dora começaria as aplicações, o mal jamais nos atingiria. E, então, veio o dia seguinte e, *Temos de ser práticos*, disse Luana, *Você a leva pra fazer as aplicações, reveza com o Vado, um dia você, outro dia ele*, e Duda só ouvia, tão menino ainda, tão próximo da felicidade conjugal e, ao mesmo tempo, tão estupefato, porque Dora o mimara desde pequeno, e Luana pegou em sua mão e disse, *Vamos chamar mais umas pessoas pra festa*, e ele, *Por quê?*, e ela, *Pode ser a última vez pra Dora, vamos convidar a tia Vera, que ela não vê há anos, e o tio Pedro, padrinho dela*, e, à festa de casamento de Duda se aderia outra, sorrateira, da despedida de Dora. Fomos reprogramando tudo, enquanto os dias avançavam, impiedosos, justamente quando mais queríamos que passassem devagar, e Dora ia às sessões, *Acho que agora vou sarar*, ela dizia, reanimada, e eu confirmava, *Claro que vai*, e torcíamos para que as drogas não a debilitassem mais, e nesses dias as nossas palavras se misturaram, por vezes nem sabíamos se tinha sido Luana ou Vado quem comentara que o cabelo de Dora estava caindo, *Já dá pra perceber na parte de trás*, e quem confirmara, *Ainda bem que na frente nem se nota*, eu disse, ou foi Luana, e Duda, *Se o casamento demorar mais uma semana, vai ser pior*, e Vado, *Ela está animada, nem parece tão doente*, e, então, cada um se enterrava em sua dor, até que as tarefas cotidianas nos arrancavam novamente do território da perda e nos atiravam à vida que tínhamos de enfrentar por Dora. Tentávamos nos motivar, *Vamos, nada de desânimo*, dizia Luana, *Come, Duda, você vai precisar de energia na lua de mel*, e Vado, *É nessas horas que a gente se supera*, e eu, *Nós somos fortes*, e Dora, lá da sala, *O que vocês tanto cochicham?*, e Luana, os olhos úmidos, *Nada, maninha, o Duda está fazendo regime*, e eu, *Não quer casar com uns quilinhos a mais*, e Dora, *Mas assim você está lindo*, e ele, quieto, pensando no peso de sua alegria que viera em hora tão imprópria. E, assim, as duas semanas passaram, velozes, Dora começara a enfraquecer visivelmente e, quando abri a porta do carro para que entrasse, bela no vestido azul-marinho, comentei, *Puxa, que elegância!*, e, por um momento, acreditei que não existia mal nenhum a devastá-la silenciosamente, e ela, respondeu, *Estou tão feliz por Duda*, e em meus olhos se misturaram uma porção de recordações de quando éramos crianças, das quais ela emergia sempre sorridente com seu cabelo loiro e encaracolado, e dei a partida bruscamente, como se a minha ira pudesse deter o fluxo das horas fatais que manava e, em breve, nos alcançaria. E, talvez porque visse uma sombra se formar em meu rosto, Vado disse, *Enfim, chegou o grande dia!*, e espantou o sofrimento que teimava em se grudar a mim, e Dora, abrindo o vidro do carro, suspirou, *Vamos!* E então fomos e, ao chegarmos lá, já alguns convidados transitavam e Luana, *Melhor ela ficar naquele canto*, e Vado, *Ali não, venta muito*, e Dora, *Por que tanta preocupação?*, e eu, *Vou chamar a tia Vera e o tio Pedro*, e Duda, metido num terno negro, aguardava a noiva, olhando o tempo todo para o relógio, e eu sabia que a sua ansiedade não era pela troca das alianças, mas para abreviar ao máximo a festa e poupar nossa irmã. Não demorou, a noiva entrou, e Dora, *Ela está tão linda!*, e tia Vera, *Adorei o buquê de jasmins*, e, quando Duda a beijou, Luana, *Acho que vou chorar*, e Vado, *Você sempre desaba em casamentos*, mas ele nem se dera conta de que as lágrimas de Luana eram menos para Duda e mais por Dora que sorria sem saber de sua própria condição. As bodas se iniciaram, a festa seguiu normalmente, e, às altas horas, Duda, *Garçom, mais um uísque*, e já ao lado de Dora, e ela a abraçá-lo, a acariciar-lhe os cabelos, e eu tentando dissipar a névoa que cobria meus olhos, e, *Que felicidade estarmos juntos hoje!*, disse Vado, meio embriagado, e eu sabia que ele em realidade dizia, *Que pena que não estaremos mais juntos amanhã*, e, assim, cada um buscava superar a ameaça iminente, e, então, foi a vez de os noivos cortarem o bolo, e Dora, contra a nossa vontade, erguer-se para dançar com Duda, *Você vai se cansar*, Luana protestara, e ela, *Só um pouquinho*, e Duda a todo custo tentava se manter firme, até que se agarrou à noiva, dizendo a Dora, *Pronto, maninha, descanse um pouco*. Mas ela não queria parar e, em meio aos rumores alegres, ao tilintar dos copos, ao vozerio geral dos convidados, os moinhos do tempo funcionavam surdamente, em marcha lenta dentro de uns, mais rápido em outros, e com força máxima em Dora. Ela queria dançar e sinalizou para que eu a acompanhasse como nos bailes de nossa juventude. Então, estendi-lhe a mão e comecei a dançar, fingindo uma felicidade que, só quando ela partiu para sempre, percebi ser a mais legítima que eu sentira.

POSFÁCIO

Aumente o volume do silêncio

Nelson de Oliveira

Talento não se ensina. É impossível ensinar alguém a escrever bem. Na minha opinião o talento é inato. Ou o diletante já nasce com ele ou jamais conseguirá ultrapassar a condição de aprendiz, de amador, de novato. Mas é possível ensinar alguém a não escrever mal. Como? Por meio de toques, apontamentos e discussões inflamadas. Por meio da troca de impressões e das mais variadas dicas literárias, musicais, teatrais, cinematográficas. Ninguém aprende a escrever bem frequentando oficinas de criação literária. Mas muita gente aprende a não escrever mal.

Foi assim que conheci João Anzanello Carrascoza: na estimulante oficina coordenada por João Silvério Trevisan, no final dos anos 80. Foi lá, no prédio da rua Três Rios, que comecei a me envolver seriamente com a prosa. Foi lá que, no calor da refrega – toques, apontamentos e discussões inflamadas doem e demoram a cicatrizar –, li os primeiros contos de Carrascoza, ainda na era da datilografia. Desde então não parei mais.

Carrascoza, por volta do final dos anos 80, costumava escrever contos mágicos e contundentes, mas imperfeitos. Mágicos porque havia neles algo de Cortázar, contundentes por conta do Rubem Fonseca que respirava em suas páginas – dois prosadores pelos quais o autor era (ainda é) apaixonado. Imperfeitos porque o autor ainda estava pesquisando e experimentando os caminhos disponíveis, em busca de sua própria avenida. Contos com armadilhas por todos os lados, com sexo e violência muitas vezes bem localizados, como as gordurinhas que deixam certas mulheres mais atraentes.

Nessa época, Carrascoza ainda era inédito em livro, apesar dos diversos prêmios literários e do esforço para ver publicada sua primeira coletânea. Até que, tempos depois do término da oficina, ela finalmente foi lançada: chama-se *Hotel solidão* e saiu em 1994, pela Scritta Editorial. Com o primeiro livro, a surpresa: Carrascoza mudara radicalmente seu modo de compor ficção, a compreensão de sua própria literatura agora era outra.

O sexo e a violência desapareceram completamente, os longos e tortuosos parágrafos à maneira do realismo mágico também. Ficou, na forma literária, apenas algo muito tênue de Saramago, mestre da ternura e da melancolia, outro prosador caro a Carrascoza. Houve quem não entendesse essa mudança de timbre e tom, julgando prematura a publicação do livro (refiro-me aos antigos amigos da oficina). A verdade é que *Hotel solidão* é uma das mais belas coletâneas publicadas na década de 90, e, de lá para cá, o autor só mudou para melhor. A sensibilidade elegíaca, triste e deslumbrante, passou a modelar sua ficção.

Nos livros seguintes, *O vaso azul* (1998), *Duas tardes* (2002), *Meu amigo João* (2003) e *Dias raros* (2004), Carrascoza manteve-se fiel à faixa da realidade e à fatia da sociedade com as quais gosta de trabalhar: ambas da pequena-burguesia, do cidadão comum tocado pelo brilho do aqui-agora. Manteve-se fiel principalmente aos tons pastel, às variações de cinza, não arredando pé em momento algum da nova trilha.

Carrascoza manteve-se fiel principalmente ao projeto de só tratar das pequenas epifanias da vida cotidiana, da classe média. Esta antologia é, sem exagero, o balanço e a confirmação do talento desse escritor para a narrativa social calcada no sublime.

Reunir alguns dos melhores contos de Carrascoza não foi trabalho fácil. Com cinco livros publicados, muitos contos inéditos e quase três dezenas de contos estampados em jornais, revistas e coletâneas temáticas, em doze anos esse premiado contista deu à luz mais de uma centena de narrativas curtas. Se Carrascoza fosse um autor irregular, com altos e baixos, o trabalho do organizador seria mais tranquilo. Mas ele é um dos autores mais rigorosos e disciplinados que eu conheço. Rigoroso na seleção dos temas e dos conflitos, rigoroso na caracterização das personagens e do narrador, rigoroso na composição e na fixação de seu estilo literário delicado e envolvente.

Carrascoza é perfeccionista, cada página de sua prosa publicada foi vista e revista muitas vezes, pelo autor e pelos amigos do autor. Isso impediu que peças pouco elaboradas ou destoantes chegassem a circular. Resultado óbvio: quase não dá para falar do mel do melhor. A grande maioria dos contos que não estão aqui nada fica a dever a estes eleitos.

As pequenas epifanias da vida cotidiana, na literatura de Carrascoza, põem em cheque o intervalo entre o sujeito e o objeto, o eu e o outro. Elas acontecem entre pessoas solitárias que, separadas pelo silêncio e pela rotina, subitamente se encontram. Ou seja, são frutos do acaso ou da coincidência feliz. Mas a parcela maior das epifanias acontece mesmo é no interior da família burguesa, no coração do casamento. Entre o marido e a mulher, entre o pai e o filho, entre o avô e o neto, entre os irmãos, entre casais amigos... É aí que se esconde e é a partir daí que se expande a narrativa social de que falei, calcada no sublime e no susto flamejante das relações minúsculas.

Na prosa de ficção brasileira da década de 70 para cá, ou pelo menos na fração dessa prosa que de fato vale a pena ser lida, o casamento e a família são apresentados como instituições degradadas e corruptoras. Basta ver as cizânias – com direito ao incesto, em certos casos – de *Guerra conjugal*, de Dalton Trevisan, *Lavoura arcaica*, de Raduan Nassar, e, mais recentemente, *Dois irmãos*, de Milton Hatoum. Se o inferno são os outros, o fundo do inferno é o almoço do Dia das Mães, a ceia de Natal na casa da vovó, o batizado do Júnior. Essa é a visão anti-burguesa por excelência, que flagra na sociedade os equívocos do sistema em que vivemos e as manobras inconscientes que perpetuam esses mesmos equívocos e esse sistema.

Carrascoza navega contra essa corrente, mas nem por isso sua literatura é menos crítica ou menos inconformada do que a dos autores apontados. Ela critica o inconformismo de ocasião que tem abusado do expressionismo urbano, hoje banalizado, cujo manual parece conter só dois ensinamentos: muita transa, muito bangue-bangue. A ficção de Carrascoza segue na direção contrária: ela demonstra que no âmago de algo tão politicamente incorreto – o medíocre mundo da classe média – podem ocorrer breves mas fulgurantes iluminações.

A linha que separa o sublime do kitsch é invisível e se move o tempo todo. É preciso talento para saber quando parar ou avançar, quando acrescentar ou subtrair palavras na representação de um afeto. Há momentos em que Carrascoza para exatamente em cima da linha. Tenho em mente o conto que abre a antologia, *Caçador de vidro*. Tenho em mente o conto *O vaso azul*. Tenho em mente o conto *Travessia*. Tenho em mente o conto *Dias raros*. Tenho em mente o conto *Dora*, que fecha a antologia. Tenho em mente muitos outros contos. Como elaborar a viagem do pai e do filho rumo à cidade dos vidros, ou o reencontro do filho com a velha mãe, ou a caminhada da família rumo à fronteira, ou a tristeza em torno do mal que em breve matará a jovem mulher, ou o reencontro dos irmãos que não se veem há muito tempo, sem cair no melodrama?

Elaborar ficcionalmente a alegria, a saudade, a dor, a tristeza e a esperança, tratando cada gesto, cada fala, com delicadeza e melancolia, é sempre temeroso. Há o perigo de a situação e a literatura ficarem piegas, ou cor-de-rosa, ou edificante, e nada mais. Esse risco Carrascoza correu em todos os seus livros, e prefere continuar correndo. Ele sabe que não há como revestir de sublime o cotidiano, que não há como trazer os laços de família e de amizade de volta à ficção brasileira, sem correr riscos.

Falei há pouco do silêncio do intervalo entre o sujeito e o objeto, da elipse entre o eu e o outro. Faltou dizer que na prosa de Carrascoza esse silêncio empobrecedor, produzido pela solidão e pela falta de comunicação, é sempre substituído por outro tipo de silêncio. Pelo rico silêncio da sintonia afetiva produzido pela fusão do sujeito e do objeto, do eu e do outro. O imperativo que serve de título a este breve posfácio (na verdade, roubei esse título do caderno de rascunhos do próprio Carrascoza) refere-se a esse tipo sofisticado de quietude.

Para os budistas o silêncio é neutro. Nem branco nem negro, nem certo nem errado, nem doloroso nem prazeroso. O que diferencia a prosa de Carrascoza de boa parte da literatura contemporânea – falo da parcela mais ruidosa, sintonizada com a ansiedade e o frenesi contemporâneos – é a presença desse silêncio neutro. Não se trata do silêncio mudo, da ausência de som típica da depressão ou do vácuo. Trata-se do silêncio eloquente que reveste o mistério de que somos feitos.

Os contos de Carrascoza entram na quietude, agitam qualquer coisa sonora que há lá no fundo e fazem o silêncio falar.

REFERÊNCIAS DAS OBRAS

"Caçador de vidro"
Hotel solidão. São Paulo: Scritta, 1994.

"O vaso azul", "Iluminados", "*Night bikers*", "Casais"
O vaso azul. São Paulo: Ática, 1998.

"O menino e pião", "Visitas", "Travessia", "Duas tardes"
Duas tardes. São Paulo: Boitempo, 2002.

"Meu amigo João", "Outras lições"
Meu amigo João. São Paulo: Melhoramentos, 2003.

"Chamada", "Umbilical", "Janelas", "Dias raros"
Dias raros. São Paulo: Planeta, 2004.

"Poente"
Contos sobre tela. Rio de Janeiro: Pinakoteke, 2005.

"Dora."
Inédito.

CONHEÇA TAMBÉM:

Neste livro de contos, João Anzanello Carrascoza apresenta catorze histórias em que os temas centrais são a família e a infância. O autor aborda as relações entre pais e filhos através do cotidiano – que nem sempre é fácil e leve – e de situações menos corriqueiras, como viagens e campeonatos de futebol.

Com sua linguagem poética característica, Carrascoza nos encanta com seu mundo ficcional, um espaço criado especialmente para a construção do ser – dentro e fora do livro.

Este livro foi composto com as famílias tipográficas
ITC Giovanni Std para os textos e Minerva Modern para os títulos.
Impresso para a Tordesilhas Livros em 2022.